가족이라는 병

시모주 아키코 지음 — 김난주 옮김

가족이라는

병

살림

사실은, 아무도 가족에 대해 모른다

가족이란 무엇인가

"당신, 가족에 대해 알아요?"

친구나 지인을 만나면 그렇게 묻는 버릇이 있다.

그러면 모두 의아해하는 표정을 지으며 이렇게 대답한다.

"그야 물론, 잘 알죠."

"정말이요?"

거듭해 물으면, 이상하다는 듯이 오히려 그쪽에서 되묻는다.

"왜 묻는데요? 당신은 잘 몰라요?"

그렇다. 나는 요즘 들어 내 가족에 대해 아무것도 몰랐다는 사실에 아연해하고 있다.

한 사람, 두 사람, 세상을 떠나가고 있는데 중요한 것을 묻지 않았다고 이제야 깨닫는다.

아버지는 과연 무엇에 의지해서 살았을까? 어머니는 내게 거의 비정상이다 싶을 정도로 애정을 퍼부었는데 왜 그랬을까? 오빠는 동생인 내게 어떤 감정을 품고 있었을까?

그런 의문들 어느 하나도 답이 없다.

좀 더 빨리 물어봤으면 좋았을 걸, 하고 생각하지만 때는 이미 늦었다. 그들은 얘기를 나눌 수 없는 저 먼 세상으로 떠나고 말았다. 이런서런 상상만 해볼 뿐이다.

절친한 친구나 친분이 깊은 지인과는 서로를 이해하려 애쓰기 때문인지, 오히려 대화가 잘 통하고 잘 아는 경우도 많다. 정에 끌리지 않고 이성으로 판단하니까 정확하게 파악할 수도 있다.

그런 반면, 한 지붕 아래 긴 세월을 함께 산 가족에 대해서는 과연 뭘 알고 있는지 모호하다. 나날의 생활에 쫓겨 상대의 마음속까지 깊게 파고들지 않는다. 아니, 파고들어서는 안 된다는 거리낌이 있어 '그렇구나, 이렇구나' 하면서 지켜보기만 하는 일이 많다.

학내에서 벌어지는 집단 따돌림이나 가정 폭력 사건이 보도 되면, 평소에 부모와 자식이 좀 더 대화를 나눴더라면 혹은 의 논할 수 있는 분위기라도 형성돼 있었더라면 하는 논의가 오간 다. 하지만 애당초 불가능한 얘기다.

자식은 부모에게 자신의 속마음을 드러내지 않으려 하고, 걱 정도 끼치고 싶어하지 않는다. 부모는 자식이 어딘가 모르게 이상하다고 생각하더라도 굳이 캐물으려 하지 않는다. 어렸을 때면 몰라도, 초등학교에서 중학교로 올라가 몸도 마음도 어른 이 되어가는 단계에 이르면 자식은 부모에게 속마음을 순순히 내보이지 않는다. 반항기는 부모라는 가장 가까운 권위를 뛰어 넘으려 애쓰는 시기인 만큼, 자기 생각과는 정반대되는 행동까 지 보이는 경우도 있다.

부모에게 학대받는 아이는 왜 외부에 도움을 청하지 않을까. 보통 그렇게 생각할 것이다. 하지만 그런 아이일수록 오히려 밖을 향해서는 부모에 대해 한마디도 하지 않거나 자신이 잘못 해서 그런 것이라고 말하곤 한다. 다부지게 가족을 지키고 있 는 것처럼 보이려 하는 것이다. 자식에게 그런 가혹함을 강요 하는 가족은 대체 무엇이란 말인가.

나는 오래도록 내게 가장 가까운 존재인 가족이란 무엇일까,

또 인간 전체에게 가족이란 무엇일까 하는 의문을 품어왔다. 따라서 내게 가족이 무엇이었는지를 솔직하게 고백하는 것으로 이 글을 시작하려 한다.

'가족'이라는 한 단어로 뭉뚱그려 말하려면, 나는 할 말이 거의 없다. 그러나 한 사람 한 사람을 따로 떼어 아버지, 어머니, 오빠 등의 개인으로 다루면 그들과의 관계를 얘기할 수 있다.

나는 가족이라는 단위를 싫어한다. 그러니 가족 구성원 각자를 한 사람의 개인으로 간주하고 생각을 전개해나가려 한다.

나는 왜 가족을 피해왔나

아버지를 생각하면 가슴속이 따끔따끔 아프다. 나는 아버지와 최대한 눈을 마주치지 않으려고 멀리 거리를 두고 다가가지 않으며 살았다. 언제부터, 왜 그래야 했을까?

어렸을 때, 아버지는 내게 선망의 대상이었다. 육군 장교였기 때문에 매일 아침, 말[馬]이 그를 맞으러 왔다. 군복에 장화 차림을 한 아버지는 망토를 휘날리며 말에 올라탔다. 나 또한 매일 아침 엄마 품에 안겨 말에게 홍당무를 주면서 그런 아버지를 배웅했다.

그러다가 전쟁에 패하자 아버지는 땅에 추락한 우상이 되고 말았다. 원래는 화가가 되고 싶었다는데, 군인 가문의 장남이라 육군유년학교에 이어 육군사관학교로 진학하는, 엘리트 코스를 밟을 수밖에 없었다. 아버지는 몇 번이나 무단으로 사관학교를 빠져나와서는 미술 학교에 가서 수업을 들었다고 한다. 그 사실이 발각될 때마다 그는 찬물이 담긴 대야를 들고 복도에 서서 벌을 받았다. 그러다 끝내는 포기하고 말았다. 왜 포기했을까? 그렇게 좋아했다면, 가출하는 한이 있더라도 그 길을 걸어야 하지 않는가.

아버지는 자신의 서재를 아틀리에 삼아 틈만 나면 유화를 그렸고, 중국의 뤼순과 하얼빈에 부임했을 당시에는 풍경을 스케치한 그림을 보내주곤 했다. 패전 후에는 두 번 다시 전쟁을 하는 것도 군대에 가는 것도 싫다고 하더니, 그 후 국력이 강해지고 나라 전체가 우경화되자 과거에 교육받은 사고방식으로 돌아가는 아버지를 나는 용서할 수 없었다. 아버지와 얼굴도 마주치기 싫었다. 어쩌다 길에서 불편한 다리를 끌면서 걸어가는 모습을 보면 나는 옆길로 새곤 했다. 밥도 같은 시간을 피해 먹었고, 한자리에서 먹게 되더라도 대화는 나누지 않으려 했다.

왜 나는 아버지와 대화를 하지 않았을까. 감정이 격한 사람이라 불쑥불쑥 화내는 모습을 보고 싶지 않아서였다고 나 자신은 생각하고 있지만, 사실은 아버지에 대한 반항심을 마음의 버팀목으로 삼고 있었을 뿐이지 않을까.

그 시점에서 나는 아버지를 이해하는 걸 거부하고 있었다. 아버지와 어떤 의사소통도 하려 하지 않았고, 이후 노인결핵으로 돌아가실 때까지 일이 바쁘다는 핑계로 입원해 있는 아버지에게 면회조차 가지 않았다.

돌아가신 후, 결핵 병동의 병실 머리맡에 내 인터뷰가 실린 신문 기사가 붙어 있는 것을 봤을 때는 외면하고 싶었다. 복도에 나가니, 아버지가 지은 하이쿠(일본 전통의 짧은 시)가 붙어 있었다.

새싹 튼 춘란에 마음 다해 비는 내 아이 합격
붉은 옷 걸린 옷걸이 뒤 얼굴 내민 초사흘 쥐

그랬다. 아버지는 예술가적 기질이 풍부했고, 신경이 예민해 상처받기 쉬운 성격이었다. 가슴이 아팠다. 나는 얼른 그 하이쿠에서 눈을 돌렸다.

아버지가 살아 계실 때, 나는 대화를 꺼리고 늘 등을 돌리고

만 있었다. 주치의에게서 왜 면회를 오지 않느냐는 내용의 편지를 받았을 때도, '당신이 나와 아버지 사이의 불화에 대해 뭘 안다고' 하면서 화를 냈다. 아버지의 본심이 무엇인지 물어보려 하지 않았고, 이해하려 하지 않은 것에 지금은 남몰래 수치심을 느끼고 있다.

하지만 한편으로는, 마지막에 가족 간의 화해를 이루는 삼류 드라마처럼 끝나지 않은 것을 조금은 다행스럽게 여기기도 한다. 아버지나 나나 고집을 피우고 있었다. 그러니 감정적인 면에서는 아주 비슷했다. 실은 서로를 가장 잘 알았는지도 모르겠다.

어머니가 돌아가신 지 이십여 년이 지난 삼 년 전, 가루이자와에 있는 산장에서 전에는 몰랐던 어머니의 다른 면을 처음 알게 되었다.

어머니는 나를 위해서라면 무슨 일이든 했다. 딸을 위해 사는 사람이나 다름없었다. 있는 애정 없는 애정 다 퍼붓는 것이 성가시고 싫어서, 나는 언젠가부터 자신에 대해서는 어머니에게 입도 뻥긋하지 않았다. 내가 나오는 텔레비전 프로그램이나 내가 쓴 글에 대해서도, 지인이 가르쳐줘야 겨우 알게 되는 것을 그녀는 몹시 서글퍼했다. 어머니가 어머니 자신을 위해 살았다면 내가 얼마나 편했을까.

　가루이자와의 산장에서 어머니 유품을 정리할 때였다. 아버지와 결혼하기 전, 당시 뤼순에 있던 아버지와 주고받은 백 통에 가까운 편지를 발견했다. 그 편지 안에는 내가 모르는 여자로서의 어머니가 있었다. 눈이 많이 내리는 조에쓰 지방에서 태어나고 자라 한없이 내리는 회색 눈과 싸우는 인고의 세월을 보낸 어머니. 그 때문에 오히려 쌓이고 쌓인 정열을 단숨에 분출하려는 강한 의지로 넘치는 어머니.

　두 분은 다 재혼이었지만, 아버지에게는 세 살짜리 사내아이가 딸려 있었다. 어머니는 그 아이를 이해하기 위해 자신의 아이(왜인지는 몰라도 여자아이)를 낳고 싶다고 편지에 호소하고 있었다. 그러니 나는 어머니의 강한 의지 덕에 태어난 셈이다.

　오빠는 대학생이 될 때까지 그 사실을 모르고 자랐다. 전쟁이 끝난 후, 그는 아버지와 사이가 좋지 않아 도쿄에서 할아버지 할머니와 함께 생활했다. 그 때문에 나는 오빠와 마주 앉아 얘기를 나눈 기억이 없다. 언젠가는 그런 날이 오겠지, 하고 미루는 사이에 일 년 동안 투병 생활을 하고는 끝내 암으로 죽고 말았다.

　결국 나는 아버지와 어머니, 오빠, 그렇게 세 가족과 서로를 미처 알기도 전에 헤어지고 말았다.

하지만 나만 그런 것은 아니리라.

많은 사람이 가족을 잘 모르는 채, 부모와 형제들이 무슨 생각을 하고 어떻게 느끼는지 확인하기도 전에 헤어지지 않나 싶다.

우리는 가족을 선택하고 태어나는 것이 아니다. 으앙, 으앙 첫울음을 울었을 때 이미 틀은 정해져 있다. 그 틀 안에서 가족을 연기하는 것이다. 아버지, 어머니, 자식이라는 역할을. 무엇이든 용서되는 아름다운 공간에서. 그러나 그 안에서 개인은 매몰되고, 가족이라는 거대한 생물이 숨을 얻는다.

그러니 단란하고 화목한 가족이라는 환상이 아니라, 한 사람 한 사람이 개인의 인격을 되찾는 것, 그것이 진정 가족이 무엇인지를 아는 지름길이 아닐까 한다.

차례

제1장
가족은 어렵다

. . .

제2장

가족이라는 병

· · ·

제3장

가족을 알다

• • •

• • •

제4장

세상 떠난 가족에게 쓰는 편지

• • •

자신에 대해서도 정확하게 파악하지 못하는데,
타인을 어떻게 이해할 수 있을까. 배우자 역시 타인이다.
가장 가까운 가족이기는 하지만, 그래도 타인이다.

제1장

가족은 어렵다

가족, 하면
무조건 믿는 우리

　　　　　　이번 설에 아들이 부모를 살해하는 사건이 있었다. 텔레비전에서 대대적으로 사건을 보도했다. 자세한 것은 잘 모르지만, 부모와 두 아들이 있는 가정에서 둘째 아들이 부모를 살해한 사건이었다.

　내가 흥미로웠던 건, 이 사건을 접한 이웃 사람들의 반응이었다.

　"절대 그런 가족으로는 보이지 않았어요."

　"믿을 수가 없네요. 설날인데, 가족 사이에 이런 일이 벌어지다니, 어떻게 된 걸까요. 정말 이상합니다."

　설날이라는 좋은 날에 이토록 불행한 사건이 생길 리 없다,

더욱이 그런 사건이 가족 사이에서 생기다니, 하는 뜻이다. 사람들이 가족을 절대적으로 믿기 때문에 나올 수 있는 말들이다.

이런 반응은 아주 자연스럽다. 사람들은 보통 가족 간에는 사건이 일어날 리 없다고 믿는다. 이상한 환경에 있기 때문에 사건이 생기는 것이지, 자신과는 무관하다고 생각하고 싶은 것이다. 그러니 사건이 생기면 당연하다는 듯이 믿을 수 없다, 이상하다, 하는 반응을 보인다.

과거 민영 텔레비전에서 뉴스 리포터로 일할 때, 사건을 취재하고 보도하는 일이 많았다. 취재하는 곳에서 만난 사람들의 반응은 모두 비슷했다.

주변에서 화재가 발생하고 강도 살인 사건이 발생한다. 하지만 생길 리 없는 사건이 생겼다고 믿는다.

"이렇게 가까이에서 불이 나다니."

"조용한 주택가에서 그런 사건이 벌어질 줄이야, 지금까지는 생각도 못 했어요."

그들은 자신의 주변에 있는 사람들은 모두 선량하기 때문에 사건을 일으키지 않을 것이라고, 그런 사고나 사건은 자신과는 무관하고 텔레비전과 신문지상에서나 볼 수 있는 것이라고 생각한다.

그 두드러지는 예가 '보이스 피싱 사기' 전화다. 자식이나 손자로 가장한 인물로부터 큰일이 벌어졌으니 돈을 마련하라는 내용의 전화가 부모나 할아버지, 할머니에게 걸려온다.

회사 돈을 잃어버렸다, 도난을 당했다, 한시바삐 돈이 필요하다는 내용이다. 목소리가 이상하다 여기면 감기에 걸렸다고 하거나 몇 명이 한통속이 되어 경찰을 가장하는 등, 수법이 날로 교묘해지고 있다.

그런데 어째서 가족의 부탁이 됐다 하면 아무 의심 없이 들어주는 것일까? 가족을 무턱대고 신뢰하고, 가족의 위기는 곧 자신의 위기니 반드시 위기에서 구해내야 한다고 생각하기 때문일 것이다.

아무리 자식과 손자가 사랑스러워도, 전화 한 통에 어쩌면 그리도 어리석게 속아 넘어가는 것일까. 왜 확인도 하지 않은 채 사기꾼이 하는 말을 곧이곧대로 믿는 것일까.

미국이나 유럽에서는 이런 사건이 성립하기 어렵다. 우리나라에서는 그런 사건이 생길 때마다 시끌시끌하게 화제에 오르고, 또 경찰에서도 주의를 촉구하고 있다. 그러나 정작 자신에게 그런 일이 벌어지면 타인에게 알려지기 전에 은밀하게 처리하려들기 때문에 '보이스 피싱 사기' 피해가 줄지 않는다.

은행에서 사건 현장과 맞닥뜨린 적이 있다. 나이가 지긋한 부인이 거금을 입금하려 하기에 의문을 품은 은행 직원이 연유를 묻자, 그녀는 "빨리 입금하지 않으면 우리 아이가 큰일을 당해요"라며 안절부절못했다. 자식의 위기가 곧 자신의 위기, 다 큰 자식이라도 내 자식인 이상 내가 어떻게 손을 써야 한다고 생각하는 것이다.

부모 자식 간의 눈물겨운 사랑인지도 모르겠으나 이성을 발휘하지도, 깊이 생각하지도 않은 채 허둥지둥 행동으로 치닫는다.

구미歐美와 결정적으로 다른 점은 개인주의와 가족주의의 차이일 것이다. 어느 쪽이 좋은지는 단순하게 판단할 수 없다. 그러나 가족이라는 안이한 믿음의 공간에는 범죄가 얼마든지 파고들 수 있다.

내게도 그런 전화가 걸려온 적이 있다. 상대는 내 이름도 알고 있었다. 댁의 주인이 전철 속에서 파렴치한 짓을 했다, 그래서 지금 역장실에 잡혀 있다, 자신은 그런 사건을 해결하는 변호사인데 합의를 해야 하니 돈이 필요하다, 하는 내용이었다.

그 무렵 나의 반려는 장시간 전철을 타고 먼 곳에 있는 대학에 가르치러 다녔기 때문에, 얘기를 자세하게 들어보자 싶어 대화를 시도했다.

"그 사람 키는 큰가요? 말랐나요? 아니면 뚱뚱한가요?"

그러자 일방적으로 전화가 끊겼다.

수상하다고 생각했는데, 역시 상대는 대답하지 못했다. 아무리 그럴듯하게 가장해도 이쪽에서 침착하게 따져 물으면 속아 넘어가는 일은 없다.

우리는 가족이라는 말만 나왔다 하면 평정심을 잃어버리고 만다. 석연치 않은 점이 있는데도, 어떻게든 조용히 해결해야 한다고 생각하는 것이다. 상대는 바로 그 점을 노린다. 왜 의심하고 확인하는 냉철함을 그리도 쉽게 잃어버리는 것일까. 수법이 날로 발전하고 있으니, 이런 유의 사기가 사라지는 일은 없을 것이다.

왜 사건은
가족 사이에서 벌어지는가

신뢰가 두터우면 이렇다 할 문제는 아마 생기지 않을 것이라고 믿는 나머지, 우리는 가족 한 명 한 명의 생각이나 자신과의 차이는 인정하려들지 않는다.

나는 사건 사고가 생길 때마다 늘, 내일은 내가 저 사건을 당할지도 모른다고 생각한다. 아무리 가족이라고 해도 서로가 다른 개인이다. 개인과 개인 사이에 마찰이 생기면 급기야는 어떤 문제가 발생할 수도 있다.

일이 크게 벌어지지 않더라도, 부모 자식 사이의 불화나 형제간의 싸움은 일상 속에 늘 있는 일이다. 어느 한쪽이 참거나 그 자리를 얼버무려 아무 일도 없었던 것처럼 지내기도 하지만, 풀리지 않는 갈등이 쌓이고 쌓이다보면 커다란 앙금으로 덩어리진다.

우리 집안에서도 부모 자식 사이의 불화가 대단했다. 아버지는 전쟁이 끝난 후, 공직에서 추방당한 화를 참다못해 어머니에게 손찌검하는 일도 있었다.

나는 최대한 아버지와 얼굴을 마주치지 않도록 애쓰면서 충돌을 피했다. 중학생이었던 오빠는 마침 한창 반항기인 탓에 아버지와 정면으로 충돌하는 지경에 이르렀다.

어느 날, 학교에서 돌아와보니 널마루 방에서 아버지와 오빠의 고함이 들렸다. 애원하는 어머니의 목소리도 섞여 있었다. 살금살금 문 앞으로 다가가 귀를 세웠다. 두 남자는 서로에게 으르렁대고, 어머니는 싸움을 뜯어말리려고 안달하고 있었다.

아버지와 오빠가 서로의 말을 조금도 용납하지 않아 위태로운 장면도 있었다. 만약 그때 그 자리에 흉기가 있었다면 어떻게 되었을까. 무슨 사건이 생겨도 전혀 이상하지 않을 상황이었다. 어머니가 있는 힘을 다해 말린 덕분에 두 사람은 떨어졌지만, 그때 아버지가 뺨을 때리는 바람에 어머니는 고막이 찢어지고 말았다. 그 일을 계기로 오빠는 도쿄에 있는 할아버지 할머니 댁에서 학교에 다니게 되었고, 아버지와 떨어져 산 덕분에 다행히 큰일은 벌어지지 않았다. 그때 만약 한집에 같이 살았더라면 반드시 사건이 생겼을 것이다. 그래서 나는 여러 사건을 보고 들어도 이상하게 여기지 않는다.

어떤 가족 사이에서도 비슷한 사건은 생긴다. 가까운 만큼 증오심이 불거지기 시작하면 남들보다 두 배, 세 배로 불어나고 끝내는 용서할 수 없어 극단적인 형태를 띠게 된다.

자신의 가족에게는 절대 그런 일이 없으리라고 믿는 것은 큰 착각이다. 마땅히 어떤 집에서도 충분히 일어날 수 있다는 것을 알아야 한다.

결혼하지 못하는 젊은이가
늘어나는 이유

설날에 신사^{神社}에 가면 깨닫게 되는 일이
있다.

신사는 일 년에 한 번 자신을 정화하려는 사람들로 넘쳐난
다. 그들은 두 손을 마주하고 마음속으로 과연 무엇을 기원하
는 것일까. 기원하는 내용 중에 압도적으로 많은 것은 가족의
화목, 가족의 건강이지 않을까 싶다.

이는 소원을 적어 나뭇가지에 묶어놓은 종이를 보아도 알 수
있다. 가족 중에 입시를 앞둔 사람이 있는 경우에는 합격을 기
원하는 내용이 적혀 있기도 하지만, 일반적으로는 가족이 원만
하고 건강하게 지낼 수 있기를 바라는 경우가 많다.

화로에 나무를 태우면서 소원을 빌 때도 마찬가지다.

며칠 전에 가구라자카에 사는 지인이 차를 타고 이다바시를 지나갔는데, 줄 서 있는 남녀가 하도 많아서 도로를 정리하기 위해 경찰까지 나와 있었다고 한다.

이다바시 역 근처에는 도쿄다이진구라는 큰 신사가 있다. 그 신사에서 모시는 신이 인연의 신으로 화제가 되는 바람에 수많은 청춘남녀와 나이가 들어서도 좋은 반려를 찾으려는 남녀들로 긴 줄이 생겼다는 것이다.

사람들은 좋은 인연을 찾기 위해, 바꿔 말하면 가정을 꾸리고 가족을 얻기 위해 신에게 기원한다는 얘기다.

아무래도 요즘은 인연의 신이 대유행인가 보다. 연말에 마쓰에로 강연을 하러 갔다가 야에가키 신사를 찾았을 때도 그런 느낌을 강하게 받았다.

야에가키 신사는 인적이 드문 곳에 있는데다 아담하고 그윽해서 무척 좋아했다. 그런데 이번에는 영 아니었다. 전에는 사람과 마주치는 일조차 거의 없더니, 평일인데도 젊은 사람들로 북적거렸다. 특히 연못에 동전을 던지고 소원을 적은 종이를 띄우는 여자들이 많았다. 과거보다 인연을 절실하게 바라는 사람들이 늘어난 것일까.

여자들은 그렇게 밖으로 밖으로 진출하고 있는데, 남자의 모습은 보기 드물다. 남자 역시 상대를 찾는 것은 마찬가지일 텐데, 그들은 안으로 안으로 위축되다 못해 가상현실에 칩거하기도 한다. 그러니 '오타쿠족'이 증가할 수밖에 없는 것일까.

아이가 있는 친구나 지인에게 듣자 하니, 딸들은 어느 정도 나이가 되면 집을 떠나 혼자 살면서 스스로 직업을 찾아 일하고 연인도 찾는다고 한다. 문제는 아들 쪽이다. 다 큰 어른이 되어서도 집을 떠나지 않고 어머니와 함께 산다. 집에서 빌붙어 살면 편하기도 하거니와 집안일도 어머니가 알아서 해주기 때문일 것이다.

남자와 여자의 삶의 방식이 뒤바뀐 것 같다. 과거와 달리 요즘은 남자 쪽이 오히려 자립을 꺼린다. 자신감이 없는 것일까. 아니면 자신만의 세계에 틀어박혀야 안심하는 것일까. 어머니들은 '참 골치가 아프다'고 하면서도 싫어하는 눈치는 아니다.

요컨대 부모와 자식이 서로에게 기대어 응석을 부리며 산다고밖에 달리 표현할 말이 없다.

타인과 제대로 교류하지 못하고 연애도 못 하는 아들이 사랑스러운지, 부모는 내쫓지를 않는다. 성인이 되면 어지간한 사정이 없는 한 독립하는 것이 자연스럽다. 동물의 세계에서도 새끼가 어릴 때는 어미가 먹이를 구해다 주며 소중하게 키우고 적으로부터 보호도 해주지만, 성장하면 어느 날부터 더는 보살 피지 않는다. 새끼는 스스로 먹이를 찾아 다른 영역에서 살아 가야 한다.

사자도 성장한 새끼를 벼랑에서 떨어뜨린다고 하지 않는가. 그렇게 마음을 독하게 먹고 어미는 새끼를 떠나보내고 새끼도 어미 곁을 떠나는데, 인간은 이제 그러지 않는다.

세상이 살기 어려워진 탓이 아니다. 홀로서기를 하지 않은 채 부모에게 얹혀사는 젊은이가 늘어나고, 또 그런 자식을 안이하게 용납하는 부모가 늘고 있을 뿐이다.

자식에게서 벗어나지 못하는
딱한 부모

가족은 한때의 시간을 공유한 후에, 헤어져 서로를 멀리에서 지켜보는 존재가 된다. 그런데 언제까지나 같이 산다면 어떻게 될까.

니트족이라 불리는, 일하지 않고 일할 의욕도 없으며 독립하지 않는 어른이 늘고 있다. 내 친구 중 하나도 전형적인 케이스였다. 친구는 남편과 두 자식이 있는 4인 가족이었다. 그녀는 모 대학에서 사무직으로 오래 일하다 정년을 맞았다. 그때를 계기로 과감하게 행동에 나섰다.

전부터 사이가 좋지 않았던 남편과 이혼하고 혼자 살기로 계획한 것이다. 성인이 된 딸은 이미 결혼해서 가정을 꾸렸다. 문제는 아들이었다. 집에 눌러살면서 아르바이트나 할 뿐 독립하려 하지 않았다.

그녀의 결심은 단단했다. 언뜻 보기에는 과도한 조치라 여겨질 수도 있는 방법을 취했다. 도쿄에 있는 집을 처분하고 교토에서 살기로 했다. 교외에 집을 빌리고, 아들에게는 스스로 살라고 했다. 지금까지는 가엾기도 하고 자신이 돌보지 않으면 안 된다는 의무감이 컸지만, 이제는 어떻게 되든 상관없다고 마음을 딱 정한 것이다.

그녀는 남은 인생을 오로지 자신을 위해 살기로 결심했다. 그러기 위해서는 아들과 헤어지는 것이 우선이었다. 같이 살면 똑같은 상황이 반복될 수도 있었다.

처음에는 자신 없게 투덜거리던 아들이 아파트를 빌려 혼자 살기 시작했다. 새로운 생활이 시작되었으니, 새로운 인생이 전개될지도 모르겠다.

"너무 늦게 결단을 내렸어."

그녀는 이렇게 말하지만, 그녀와 아들 모두에게 중요한 결단이었다고 생각한다.

그녀는 지금 교토에서 오랜 꿈을 이루며 생기발랄하게 살고 있다. 신사와 절을 찾아다니고, 가부키 배우 가타오카 니자에

몬을 쫓아다니면서 가부키를 즐기고 있다.

"알아서 살아가겠지 뭐."

그렇게 딱 잘라 말하면서 아들에게 먼저 연락하지도 않는다.

부모 곁을 떠나지 않는 자식은 참 골칫덩어리다. 부모를 떠나지 못하는 자식과 자식을 떠나지 못하는 부모가 너무 많다. 원인은 자식에게 있기보다 부모 쪽에 있는 경우가 상당하다.

자식은 부모의 모습을 보면서 성장한다. 부모의 속내를 간파하고, 거기에 빌붙어 홀로서기를 하지 않는다. 부모가 자식에게 기대고 어리광을 피우기 때문에 자식이 안심하는 것이다. 부모는 마음속으로야 제아무리 걱정이 커도 겉으로는 의연하게, 멀리 떨어져서 넌지시 지켜보기만 하면 된다. 그러려면 마음을 독하게 먹을 필요가 있다.

자식이 어렸을 때는 애정을 듬뿍 쏟아도 좋지만, 어느 정도 나이에 이르면 자식만의 인격을 인정해야 한다. 옛날에는 지금처럼 만으로 스무 살이 아니라, 태어난 해로부터 열대여섯 번째 되는 해에 성인식을 하는 풍습이 있었다. 그러니까 열대여섯 살에 성인식을 치르면 그 길로 독립해야 했다.

인간은 책임감으로 성장한다. 맡은 바 책임을 다할 수 있을지 걱정스러워도, 그 상황에 놓이면 인간은 바뀐다. 젊은 사람이 사장이 되었다고 불안해하는 경우가 있는데, 자리가 사람을 변화시키는 일은 얼마든지 있다.

"내가 없으면 이 아이는 못 살아요."

이 말은 자만에 지나지 않는다.

부모가 없어도 아이는 자란다. 환경이 아무리 혹독해도 사람은 그것을 받아들이며 살아갈 수 있다.

부모와 자식은 떨어져 살아보지 않고서는 서로를 모른다. 한쪽이 먼저 나이가 들어 쇠약해지면 도움이 필요하겠지만, 그건 그때 가서 생각하면 된다.

내 경우에도 그랬다.

부모님이 나란히 친정집에 있을 때는 좋았다. 그런데 아버지가 돌아가시고 어머니가 홀로 남자, 나는 심각하게 생각했다. 친정집에는 우리 부부가 생활할 수 있는 공간이 충분히 있었다. 보통은 동거를 선택할 테지만, 나는 굳이 아파트 생활을 그대로 계속했다. 묵을 방이 있으니, 어머니가 우리 집에 오고 싶으면 언제든 오면 그만이라고 생각한 것이다.

결혼하고 반려가 외국에 특파원으로 파견되기 전, 한 이 년 정도 우리 부부는 어머니와 함께 산 적이 있다. 그때의 씁쓸한 경험 때문에 함께 살지 않는 쪽을 택한 것이다.

어머니는 나밖에는 눈에 들어오지 않을 정도로 내게 각별한 애정을 쏟았다. 또 그게 신념이기도 했기 때문에 부담스러운 면이 없지 않았다.

사위가 생겨 조금은 변하지 않을까 기대했는데, 이른바 고부 간의 갈등 같은 것이 불거지고 말았다. 하나밖에 없는 딸에 대한 집착이 깊은 나머지, 빼앗긴 것처럼 느껴졌던 모양이다. 어머니가 못마땅한 감정을 억누르려 애쓴다는 것을 알 수 있었지만, 사소한 일 하나하나에서 알게 모르게 새어 나왔다. 사위를 마음에 들지 않아하는 눈치가 보이고, 내게도 그런 불평을 늘어놓았다.

방송국에서 보도 기자로 일하느라 집에 있는 일이 많지 않았던 반려는 알아차리지 못했는지도 모르겠지만, 사이에 낀 나는 몹시 성가셨다.

보통 외아들에게 생긴다는 일이 외동딸에게 생긴 것이다. 나는 어머니의 푸념을 더는 듣고 싶지 않았다.

그래서 직장에 가기 편하고 친정과도 30분 정도면 오갈 수 있는 거리를 고려해, 도심에서 아파트 생활을 단행했다. 아버지가 돌아가셨다고 해서 어머니와 같이 산다면, 또 같은 일이 반복될 것이기 때문이다. 어머니가 정든 집에서 정든 이웃과 혼자서도 충분히 생활할 수 있는 동안은, 하고 마음을 독하게 먹고 별거를 선택한 것이다.

사이 나쁜 가족들 틈에서도
아이는 제대로 자란다

"점점 엄마를 닮아가네."

이런 말을 들으면 어떤 느낌이 들까. 기쁠까, 혹은 난감할까. 나는 후자다. 이 나이가 되도록 부모를 닮고 싶지 않다는 일념으로 살았다.

세상 사람들은 '점점 엄마를 닮아가네' 하는 말을 듣기 좋으라고 한다.

부모 자식인 이상 당연히 어딘가는 닮았을 테지만, 우리 어머니는 벌써 이십여 년 전에 돌아가셨다. 지금 나는 어머니가 돌아가신 나이에 가까워지고 있지만, 어머니와는 전혀 다른 신념으로 살아왔고 생활상도 정반대였다고 생각한다.

시대적으로 여자의 삶이 크게 변화하는 과도기에 소녀 시절을 보낸 어머니가 끝내 버리지 못한 과거의 가치관을 미련 없이 깨부수고, 무엇보다 자기 생각을 중심으로 하고 싶은 대로 하며 살아왔다. 무엇을 버리고 무엇을 취할 것인가, 그 기준이 내게 있었음은 물론이고 어떤 경우에도 스스로 결정하고 선택했다. 대신 책임도 스스로 졌다. 스스로 선택했으니 투덜거리고 불평을 늘어놓아 봐야 자신에게 돌아올 뿐이라 포기하는 것도 어렵지 않았다.

딱 한 번 내가 반하다 못해 푹 빠져 있었던 어느 남자의 선택을 따른 일이 있었다. 하지만 그 결과는 참담했다. 나는 두 번 다시 같은 실수는 되풀이하지 않기로 했다.

제2차 세계대전이 끝났을 때, 나는 초등학교 3학년이었다. 바로 그날, 그때까지의 모든 가치관이 붕괴되었다. 나는 어른을 믿을 수 없었다. 부모나 학교의 선생이나 하는 말이 전과는 180도 달랐다.

패전은, 어떻게 보면 다른 가치관을 내세워 이 나라를 재건할 수 있는 큰 기회였다. 전쟁에 대한 반성과 잘못에 대한 추궁이 철저하게 행해졌어야 하는데 그러질 못했다. 아무것도 변하지 않았다. 군대는 자위대라고 이름이 바뀌었지만 과거의 육해

군을 기반으로 했고, 거기에서 불리는 노래 몇 가지도 옛날에 부르던 그대로였다.

독일에서는 전쟁에 대한 책임을 철저하게 추궁해 죄를 폭로했지만, 일본에서는 천황제가 그대로 유지되었을 뿐만 아니라 과거의 전범戰犯이 국회의원으로 되살아나기도 했다.

한때 변한 것처럼 보였던 아버지의 가치관도 시대와 함께 원래대로 돌아가, 나는 두 번의 배신을 느꼈다.

그런 아버지와 함께 살아가는 어머니에 대한 비판도 날로 강도를 더해갔다.

"엄마가 잘못 살고 있는 거라고!"

그렇게 악을 쓰면서 얼마나 어머니를 규탄했는지 모른다.

일본이 전쟁에 패한 그날, 나는 오로지 내 힘으로 살아가기로 결심했다. 어머니와는 다른 길을 걷기로 선택한 것이다. 누구 덕에 먹고사는 게 아니라, 제 손으로 벌어 스스로를 부양해야 한다, 이거 하나만은 죽는 한이 있어도 양보할 수 없다. 이런 굳은 결심이 지금까지 내 삶의 원동력이 되었다.

어른에게 착하기만 한 아이는
괜찮은 어른으로 성장하지 못한다

나와 반려는 수입을 따로 관리하며 생활을 꾸려가고 있다. 큰 병에 걸렸을 때는 예외로 치더라도, 수명이 다할 때까지 계속 이렇게 생활할 수 있으면 좋겠다고 생각한다.

패전이라는 기회가 주어져, 나는 오히려 감사하고 있다. 그렇지 않았더라면 얼마나 형편없는 여자가 되었을지. 세상의 가치관을 의심 한번 하지 않고 그대로 따랐을 테고, 아버지와 어머니에 대해 비판도 하지 않았을 것이다.

나는 아버지와 어머니를 반면교사 삼아 내 사고와 생

활을 형성해나갔다. 부모의 삶과는 다른 삶을 살 것인가, 아니면 부모에게 착한 아이로 남아 가면을 쓴 채로 살아갈 것인가. 자식은 부모의 가치관에 반발하면서 성장한다고 나는 믿고 있다.

어른에게 착하기만 한 아이는 별 볼 일 없다고 생각한다. 최근에 반항기가 없는 아이들이 늘었다고 하는데, 이렇게 끔찍한 일이 또 있을까 싶다.

부모의 권위와 어른의 가치관에서 벗어나지 못한 채, 부모와 어른이 하라는 대로 하는 것은 사람으로서 성장하지 못했다는 증거다.

거짓은 화목하지 않은 가정보다 화목한 가정에 있다. 솔직한 심정으로 마주하면, 부모와 자식은 대립을 피할 수 없기 때문이다.

어느 쪽을 선택할 것인가. 나는 겉으로 화목해 보이는 가족보다는 사이가 나빠 뿔뿔이 흩어진 가족을 선택할 것이다.

한집에 살면서 오랜 세월 얼굴을 마주하다보면, 피차가 싫어도 어느 정도는 닮게 된다.

친구나 지인의 집에 전화를 걸었다가, 어머니를 친구로 착각하고 말을 계속한 일도 간혹 있지 않은가. 같은 환경에 있다보면 말투며 목소리까지 비슷해진다. 아들은 아버지를, 딸은 엄마를 쏙 빼닮는다.

나중에 태어난 사람이 먼저 태어난 사람에게 말을 배우고 익히니, 자식이 부모의 말투를 닮는 것은 이상한 일이 아니다. 말이나 말투뿐만이 아니다. 옆에 있다보면 사고방식도 닮는다. 영향을 받지 않을 수 없는 것이다. 그런 의미에서 부모는 자식에게 절대적인 책임이 있다.

'아이는 아버지의 등을 보고 자란다'는 말이 있는데, 어머니의 등 역시 마찬가지다. 자식은 피치 못하게 부모의 삶을 보고 배울 수밖에 없는 것이다.

많은 아이가 어렸을 때부터 어린이집, 유치원, 학교를 통해 타인과 접하면서 좋고 나쁜 일, 슬프고 기쁜 일을 배운다.

집단 따돌림 등의 문제도 없지는 않지만, 아이는 같은 또래와 어울리며 커뮤니케이션의 수단을 익힌다. 그러니 다른 가치관과 섞여 생활하면서 크는 면도 있는 것이다.

그런데 자식을 학교에 보내지 않는 가정이 생겨나고 있다. 유명한 교육자 집안에서는 부모가 직접 교육하거나, 자유를 중시하며 가정교사를 불러들여 가르치기도 한다. 내가 아는 사람 중에도 그런 가정에서 자란 이가 있다.

슈퍼엘리트라 해도 무방한 가족들은 학교 교육을 비판하면서 자식을 그들의 가치관과 교육 방식으로 가르치려 한다. 그 결과 개성 만점의 아이로 성장하느냐 하면, 반드시 그렇다고만은 할 수 없다. 다른 아이와 선생 사이에서 고민하거나 또래끼리 다투고 싸우는 일이 없어서 그런지, 어른스럽기만 할 뿐 그렇고 그런 상식적인 인간으로 크는 예가 많다.

교육이란 부모가 제공하는 것이 아니라, 아이가 자신의 세계에서 갈고닦으며 쟁취해가는 것이 아닐까.

가족의 '기대'는
최악의 스트레스

고등학교 동창이 너무 바빠서 도무지 만날 시간을 낼 수 없다고 한다. 뉴욕에서 오랜만에 귀국한 친구와 함께 만나려고 했는데 말이다.

왜 그렇게 바쁘냐고 물었더니, 손자가 유치원 입시생이라고 한다. 자식이 입시생이라면 몰라도 손자가 입시생인데 할머니인 친구가 왜 그렇게 바빠야 하는지 모르겠다.

하루가 멀다고 신사에 가서 무사 합격을 기원하고, 어느 신사가 영험하다는 소리를 들으면 온 나라를 마다 않고 달려간다.

손자에게 방해가 되지 않도록, 집에 있을 때는 자기 방에서 조용조용 숨죽이고 있단다.

부모는 물론이고 온 가족이 한마음으로 응원하는 것이 중요하다면서, 입시가 끝날 때까지 만날 수 없다고 하니 어이가 없었다.

이런 사례가 그렇게 드문 것은 아니라고 한다.

친구의 가족은 대부분 K대학교 출신이다. 그러니 물론 사위도 K대학교 출신이어야 했고, 따라서 손자 역시 무슨 일이 있어도 K대학교 부속 유치원에 들어가야 하는 것이다.

부모는 면접도 받아야 하니까 나름 긴장을 해야겠지만, 왜 아무 관계 없는 할머니까지……, 하고 입을 놀린 것이 잘못이었다.

"왜 관계가 없다는 거야. 가족은 다 소중한데. 그중에서도 제일 귀여운 손자가 입시생이라고!"

이렇게 도리어 나는 혼이 나고 말았다.

이웃 나라 한국에는 수능이라는 제도가 있다는데 수험생이 시험 시간에 늦을 것 같으면 경찰차가 출동한다고 하고, 합격하면 가족과 이웃, 친구들이 헹가래까지 친다고 한다.

상황이 이런데 과연 압박감을 느끼지 않는 학생이 있을까. 주위의 기대를 한 몸에 짊어지니 얼마나 부담스러울까. 마음의 평안을 제일로 쳐야 할 가족이 오히려 나서서 야단들이다. 입시에 무사히 성공해 곧장 엘리트 코스로 들어서기보다는, 한번 두 번 실패를 겪어봐야 타인을 배려할 줄 알고 시련에도 굴하지 않는 어른으로 성장할 텐데 말이다.

순풍에 돛 단 듯 살아온 사람일수록, 사회에 나가 조직 속에서 제 뜻대로 일이 풀리지 않으면 우울증에 걸리는가 하면 극단적인 경우 자살을 시도하기도 한다.

부모가 엘리트인 경우에는 더 골치가 아프다. 자신들처럼 성적이 좋은 것을 당연시하니 아이들을 어렸을 때부터 학원으로 내몰고 과외를 시킨다. 그렇게 놀 틈조차 없는 아이들, 마음의 여유는 없으면서 하는 행동만 어른스러운 애어른이 늘고 있다. 텔레비전에서 아이들을 인터뷰하는 장면을 보고 있으면 끔찍하다는 생각이 종종 든다.

부모와 선생이 좋아하는 타입의 애어른이 늘어나고 있는 것이다. 그들의 사고는 일정한 범위 안에 머물러 있을 뿐, 날개를 퍼덕일 줄 모른다.

부모와 가족의 기대는 아이를 훼손한다.

과도한 기대를 해서는 안 된다. 부모가 낳은 자식이니 피로 이어진 관계이긴 해도, 엄연히 독립된 인격이다. 개성을 살리기 위해서는 기대로 옭아매서는 안 된다. 남편에게, 혹은 아내에게 기대하는 것도 마찬가지다.

기대한 대로 되지 않으면 심하게 낙담하고 불평불만이 불거질 수밖에 없다.

자신이 아닌 남에게 기대를 품어서는 안 된다. 타인에 대한 기대는 낙담과 불평을 불러오는 최대의 요인이다.

기대는 자신에게 하는 것이다. 자신에게는 얼마든지 기대를 해도 좋다. 이런 경우 일이 잘 풀리지 않더라도 자기 탓이요, 그 책임은 자신에게로 돌아온다. 그러니 다음에는 다른 방법으로 도전할 수도 있다. 좌절도 낙담도 다음 단계를 위한 원동력이 될 수 있다. 테니스 선수 니시코리 게이나 피겨 스케이트 선수 하뉴 유즈루는 실수를 저지르면 스스로 분해한다. 그러고는 자신에 대한 기대치를 높이고 노력으로 실현해낸다. 그렇게 다음 단계로 나아간다.

분함이야말로 내일로 향하는 에너지다. 그리고 실패나 실수는 소중한 밑거름이 된다.

우리 부부는 서로에게 기대하지 않는다. 그 대신 자신에게는 마음껏 기대하자고, 말은 안 하지만 그렇게 늘 다짐하며 살아가고 있다.

남편이나 아내에 대한 불만도 모두 기대에서 시작된다. 이것도 해주고 저것도 해줬으면 좋겠는데, 아무것도 해주지 않아 기대가 충족되지 않는 것이 원인이다.

과거에는 남편과 아내의 역할이 분리되어 있었지만, 지금은 여성의 사회 진출이 활발해 역할 분담의 경계가 모호해졌고, 자신이 기대하는 것을 스스로 채울 수 있게 되었다. 그러니 남편이든 아내든 상대에게 기대하지 말고 자신에게 하면 될 일이다.

결혼기념일을 기억하지 못한다, 생일인데 선물을 주지 않는다, 하는 것은 세상 풍조에 맞춰 생각하기 때문에 품게 되는 불만이다.

나는 언제 결혼했는지도 정확하게 기억하지 못하고, 결혼한 지 몇 년이나 됐는지도 꼽아본 적이 없다. 생일 역시, 내가 까맣게 잊곤 한다. 뭘 좀 해주지 않을까 하는 기대를 걸기 때문에 그 기대가 채워지지 않으면 괜히 더 스트레스를 느끼게 된다. 기대를 안 했는데 선물을 받으면 생각지도 못한 일이라 기쁨이 더하다.

기대했는데 그에 답해주지 않는 것만큼 화가 나는 일도 없다.

"기대하지 말고 기다려주세요."

이런 말은 더없이 무례하다. 기다린다는 행위는 즉 기대감의 표현인데, 기대하지 말라고 하면 기다릴 필요도 없지 않은가.

유산을 남겨 좋을 일은
하나도 없다

가족 중 한 명이 어떤 범죄에 가담했다고 해보자. 가해자인 경우, 본인은 물론이고 가족까지 세상의 따가운 눈총을 받게 된다.

우리는 보통 좋은 일이 생겼다 하면 모두 나서서 칭찬하고, 나쁜 일이 생겼다 하면 가족 전체를 헐뜯는다. 인터넷이 퍼져 있다보니 소문은 순식간에 확산되고, 비방과 중상도 난무한다.

아무 죄 없는 가족까지 살아가는 것 자체가 힘들어진다.

"얼굴을 들고 살 수가 없다."

이렇게 말하면서 자식의 죄를 덮어쓰고 자살하는 부모도 있다. 그러나 가족은 자식이 어떻게 하다 죄를 저지르게 되었는지 평생을 따져봐야 하는 사람들 아닐까.

　지금도 우리는 어떤 사건이 벌어지면 그 가족을 걸고넘어진다.
"부모가 자식을 어떻게 교육한 거야!"
"대체 어떻게 돼먹은 가정이야!"
　가족에게 책임을 물으려 하기 때문에 정작 죄를 범한 당사
자는 자신의 죄를 자각하지 못한다. 부모가 자식에게 기대하
니, 자식 역시 부모에게 기대한다. 가장 알기 쉬운 예가 유산 상
속이다. 자식들은 모두 암암리에 기대한다. 부모가 돌아가시면
남은 집과 땅과 저금은 누구에게로 갈 것인가.
　부모의 재산은 부모가 살아 있을 때 다 써버리는 것이 가장
바람직하다. 자식에게 괜한 기대를 품게 해서는 안 된다. 자식
이 몇 명이나 있는 경우, 유산을 둘러싼 꼴사나운 형제간 쟁탈
전이 벌어지지 않게 하기 위해서라도 말이다.
　우애가 돈독하던 형제가 유산 문제로 반목하고 서로를 증오
하게 되는 예는 일일이 열거할 수 없을 정도로 많다.
　그런 재난은 어느 날 갑자기 우리를 덮친다.

　과거에는 연로한 부모를 자식이 돌봐야 하는 부양의 의무가
있었다. 그 보답으로 부모는 유산을 남겼다.

현대 사회에서 노년의 문제로 가장 심각한 것은 늙고 병든 부모를 수발하는 것이다. 내 주위에도 그로 인해 일을 그만둔 사람들이 많다. 병든 노부모를 돌봐야 하는 경우, 하고 싶은 일을 할 수 없는 정도를 넘어 본의 아니게 자신의 삶을 포기해야 할 때도 있다.

요즘은 아이를 낳게 되면 당연히 출산휴가와 육아휴직을 받는다. 법률상으로는 남자도 휴직을 신청할 수 있다. 상당히 제도가 개선되었다고 볼 수 있다. 그러나 가장 사람을 꼼짝 못하게 하는 것은 치매에 걸리거나 자리 보존해 혼자 힘으로는 아무것도 못 하는 부모 수발이다.

그런데 이런 이유로 휴가를 주는 회사나 기관은 많지 않다. 요양원 등의 노인 시설도 인력부족으로 허덕이고 있다. 베이비붐 세대가 줄줄이 정년퇴직을 맞아 고령층이 날로 증가하고 있는 현재, 노년의 문제가 우리를 옭죄어오고 있다.

돈이 얽히면
비로소 드러나는 가족관계

———

평소 별 탈 없이 흘러가는 나날 속에서는 형제 사이에 알력이 있다 한들 겉으로 잘 드러나지 않는다. 그런데 정작 부모가 돌아가시고 나면 상속 쟁탈전이 벌어진다. 일이 이 지경에 이르면 가까운 관계일수록 더 추악하다.

부모가 살아 계실 때는 사이좋아 보이던 형제도 일단 욕심과 돈이 얽힌 싸움이 벌어지게 되면, 상속자 자신뿐만 아니라 그 가족까지 끌어들이면서 꼴사나운 법정투쟁도 마다하지 않는다.

모두 자기 집안에서는 그런 일이 벌어질 리 없다고 생각할 것이다. 그러나 현실은 그렇지 않다.

우리 집안은 부모가 살아 계실 때 유언에 대한 공증을 받아 두었기 때문에 아무 탈이 없었다. 다행히 부모의 장례를 치르는 자리에, 낯선 사람이 불쑥 나타나 자신도 상속자라고 이름을 대는 일도 없었다.

외동인 한 친구가 있는데, 아버지가 돌아가셨을 때 오빠라고 하는 사람이 느닷없이 나타났다. 마른하늘에 날벼락이 따로 없었다고 한다. 상속 문제가 어떻게 되었는지는 묻지 않았지만, 그야말로 가슴이 철렁하리만큼 놀랐을 것 같다.

유언이 없는 경우, 흔히 옥신각신 싸움이 벌어진다.

어떤 친구 집에서는 아버지가 돌아가셔서 어머니와 자식들이 유산을 상속받게 되었는데, 자식들 사이에서 불만이 터져 나왔다.

"형제끼리 사이좋게 지내라."

아버지는 늘 그렇게 말씀하셨건만, 상속 다툼은 끝내 법정 싸움으로 이어졌다. 결국 민법에 따라 상속이 이루어졌으나 형제 사이에는 앙금이 남아 어머니가 돌아가신 후에는 오가는 일마저 없어지고 말았다.

이런 예는 수두룩하다. 돈이 얽히면 추악한 가족관계가 고스란히 드러나고 만다.

이혼 역시 해마다 늘어나면 늘어났지 줄지 않고 있다. 젊은 이들은 정말이지 쿨하다. 결혼해서 함께 사나 싶더니, 어느 틈에 이혼하고 각자 떨어져 산다.

결혼하기 전에는 알콩달콩 잘 살면서 아기를 낳아 예쁜 가정을 꾸리고 싶다고 그토록 곱게 말하더니 말이다.

가족에 대한 환상과 기대가 너무 큰 나머지, 어이없이 무너지고 마는 것이다. 그러니 가족에게 기대하는 것은 좋지 않다.

"서로 충분히 대화를 나누고 이혼에 이르렀습니다."

이런 말도 흔히 듣는다. 하지만 그 과정에 아귀다툼이 없었을 리 없다.

이혼한 젊은 친구가 있다. 아내의 외도가 원인이었다. 그가 일에만 치중한 탓도 있었겠지만, 불륜을 저지른 것은 아내 쪽이다.

그런데 정작 이혼 얘기가 오가자, 아내가 조금이라도 유리한 입장에 서기 위해 변호사를 내세워 조정을 요구하게 된 듯했다. 제삼자가 중재해서 일이 잘 풀리는 경우도 있겠지만, 마음속에는 역시 앙금이 남는다. 가족은 한 가지가 뒤틀리면 여러 가지가 얽히고 꼬여 생각대로 되지 않는 골치 아픈 존재다.

잘잘못을 가려야 하는 처지에 놓이면 사람은 누구나 자신의 잘못을 인정하려들지 않는다. 상대의 나쁜 점과 잘못을 일일이 늘어놓으면서 자신에게 조금이라도 유리한 방향으로 일을 이끌어가려 한다. 자식이 있는 경우에는 왕왕 양육비를 둘러싼 싸움도 벌어지는데, 가족을 얻은 기쁨과 희망에 찼던 나날을 다 잊어버린 것일까. 기대가 크면 실망도 크다.

나와 나의 반려는 서로에게 기대하지 않는 부부로 사는데, 우리의 선택이 옳았던 것 같다.

부부라도 서로를
완전히 이해할 수는 없다

———

죽음으로 헤어진 사람은 좀처럼 잊기 어렵지만, 살아서 헤어진 사람은 금방 잊어버린다고 한다.

죽은 사람에 대한 기억은 그 시점에 머물러 있다. 살아 있을 때 보였던 행동거지나 언사도 기억 속에서 거의 변화하지 않는다.

다시는 만날 수 없다는 아쉬움은 그리움을 부추기기는 해도 나쁜 기억을 환기하지는 않는다. 살아 있을 때 얼마나 많은 폐를 끼치고 못된 짓을 했든, 그래서 꼴도 보기 싫다고 외면했든, 만날 기회를 잃으면 모든 과거는 아름다운 기억으로 바뀌는지도 모르겠다.

최근에 사토 아이코 씨의 새 소설 『만종』이 우편으로 날아왔다. 나이 아흔에 쓴 소설인데, 지금까지 발표된 그 어느 작품보다 재미있게 읽었다. 직접 만나면 그녀는 늘 꽃처럼 화사한 미소를 보여준다. 그 아리따운 미소에 반하곤 했다.

『만종』의 띠지에는 이런 글이 씌어 있다.

'나의 남편이었던 당신은, 대체 어떤 사람이었나요.'

나오키 상 수상작인 『전쟁이 끝나고 해가 저물고』로부터 사십오 년, 과거 남편이었던 사람이 작품 속에 몇 번이나 등장하는데, 그럴 때마다 다르게 표현되어 있다.

사토 씨 자신도 후기에서 이렇게 말하고 있다.

'……한 작품을 쓸 때마다 내 안에는 다른 쟁점이 있었어요. 어느 때는 포용과 애틋한 사랑이 있었고, 또 어느 때는 기만과 거짓, 불평과 분노, 그리고 어느 때는 재미난 추억이 있었죠. 그렇게 늘 변화했습니다. 그것은 나밖에 모르는 흐름이라고 할수 있죠.'

같은 인물에 대해 그렇게 오래도록 여러 가지 시각에서 썼음에도, 사토 씨는 남편이었던 사람을 잘 모르겠다고 한다.

 '……비현실적이고 이해할 수 없는 남자, 아무리 쓰고 또 써도, 아니 쓰면 쓸수록 알 수 없는 남자였죠. 이제 더는 알 방법이 없다는 심정으로 포기하려들었을 때야 겨우 '몰라도 괜찮다' '불가능한 일이다' 하는 생각에 도달할 수 있었습니다. 우리는 평소 '이해'라는 말을 아주 쉽게 사용하는데요, 사실 진정한 이해란 있을 수가 없지 않을까, 불가능하지 않을까, 그러니 결국은 '두말 않고 받아들이는 수밖에 없지 않을까?' 그렇게 생각하게 된 것이죠. 그가 살아 있는 동안 그걸 깨달았어야 하는데 말이에요.'

 상대를 아는 것처럼 생각하지만, 실은 그 인간 자체를 아는 것이 아니라 자신에게 투영된 모습을 자신에게 유리하게 해석할 뿐이다.

 지금까지의 사토 씨 소설 역시 그때그때 자신에게 투영된 남편의 모습을 그려왔는데, 이번의 『만종』은 달랐다. 왜냐하면 남편이 그 작품을 쓰기 전까지는 생활을 따로 하면서도 간혹가다 홀연히 나타났기 때문이다.

 나타나면 때로는 돈을 달라고 하거나 무슨 부탁을 하기도 했지만, 전처럼 아주 자연스럽게 식탁에 마주 앉아 가족끼리 얘기도 하고, 마당의 매화나무를 올려다보다 돌아갔다.

그런데 어느 날, 그 남편의 부음이 날아들었다.

그때가 되어서야 사토 씨는 생각한다.

남편이었던 그 남자는 과연 어떤 남자였을까. 부부로 산 세월이 십오 년, 결혼하기 전 같이 문학을 하는 동료로 알고 지낸 세월이 육 년, 부부관계가 끝난 후에도 싫든 좋든 교류하지 않을 수 없었던 시기가 몇 년 있었다. 그러니 알고 지낸 지 삼십여 년이 된 셈이다. 하지만 '그 사람을 알지 못한 채, 알기는커녕 점점 더 알 수 없는 사람이 되어 죽고 말았습니다'라고밖에는 쓸 수 없었다.

살아 있을 때는 늘 다른 모습을 흥미로워했지만, 이 세상에서 사라졌다는 현실에 맞닥뜨리자, 사토 씨는 다시 한 번 그 불가사의한 인물을 그려 이해를 시도해보고자 했다.

문학적인 동지였으며, 한때는 서로가 마음속까지 털어놓았고, 실제 생활을 함께하며 아이를 낳았던 두 사람. 그러다 결국에는 갖은 고생을 하면서 어쩌다 간혹 만나던 두 사람 사이가 '죽음'으로 완전히 갈라지게 되자 오히려 가까워졌다. 그리고 생각한다. 나는 그 사람을 과연 알고 있었을까, 하고.

설사 가족이었던 시기가 있었다 해도, 사람은 함께 산 배우자를 거의 이해하지 못한다. 죽음이라는 형태로 종지부가 찍힌 후에야 비로소 이 사실을 깨닫고는 좀 더 대화를 나눠볼 걸 그랬다, 얘기를 들어줄 걸 그랬다고 후회한다.

그러나 가령 살아 있을 때 대화를 나누고 얘기를 들어주었다 한들, 과연 이해가 깊어졌을까.

자신에 대해서도 정확하게 파악하지 못하는데, 타인을 어떻게 이해할 수 있을까. 배우자 역시 타인이다. 가장 가까운 가족이기는 하지만, 그래도 타인이다.

가족은 생활을 함께하는 타인들이라고 생각하는 편이 홀가분하다.

나는 반려와 함께 살기 시작했을 때, 가능하면 타인인 채로 살자고 생각했다. 어차피 타인이니까 상대의 영역은 침범하지 말자고 생각했다.

내게도 저쪽이 침범해서는 곤란한 부분이 있다. 반려도 마찬가지일 것이다. '부부는 일심동체'라고들 하는데, 나는 그 개념을 이해할 수 없다. 그래서 생활은 함께하지만, 상대의 마음속에 발을 들여놓지는 않는다.

상대의 기분을 상상하기는 한다. 그러나 확인하려들지는 않는다. 사토 씨는 '받아들인다'는 표현을 사용했다.

과거 우리 부부는 시간적으로 어긋나는 일이 많아 그저 스치고 지나가는 사이였다.

그에 비하면 요즘은 같이 있는 시간이 늘어났다. 그렇다고 대화까지 늘어난 것은 아니다. 이러나저러나 상관없는 우스갯소리는 하지만.

한 쌍의 남녀를 보고 부부인지 연인인지를 판가름하는 기준은 대화를 하느냐 안 하느냐에 있다고 한다. 대화를 나누지 않고는 못 견디면 연인, 서로 아무 말도 하지 않고 있으면 부부. 연인끼리는 서로에 대해 조금이라도 알고 싶은 마음이 강하니 대화에도 절로 흥이 난다. 그런데 부부가 되면, 다 아는 듯이 구니까 화제가 없어진다.

그러다 한쪽이 세상을 떠나면, 그제야 비로소 아무것도 알려 하지 않았던 것을 후회하고, 좀 더 알았어야 하는데, 하고 안타까워한다. 하지만 때는 이미 늦어 상대가 없다. 마지막까지 서로 이해는커녕 어긋나기만 했을 뿐이다.

뜨뜻미지근한 물 같은 사이인 가족은 뜨뜻미지근한 물로 존재하는 한 일반적으로 행복하다 할 수 있지 않을까.

괜히 어중간하게 서로를 좀 더 알고 싶다, 좀 더 이해하고 싶다고 생각하면 알지 않아도 될 일까지 알게 되고 상처를 들쑤시게 되어 불행해진다. 그런 의미에서 가족은 서로를 이해하려 애쓰지 않아야 오히려 행복한 것일지도 모른다.

　방송국에서 일하던 시절, 친하게 지내던 남자친구가 있었다. 그 남자친구는 내 말이라면 무엇이든 들어주고, 나를 위해 열심히 애써주었다. 내게는 고마운 존재였지만, 마음이 움직이는 상대는 아니었다.

　그런데 십 년 정도 만나지 못한 사이에 그가 죽었다는 소식을 들었다. 그때 갑자기, 그 사람의 기분을 이해하지 못했다는 것을 깨달았다. 죽기 일 년 전쯤 꼭 만나고 싶다고 했는데, 바쁘다는 핑계로 하루 이틀 미루다 끝내 만나지 못한 채 저세상으로 떠나고 만 것이다.

　아마도 내게 하고 싶은 말이 있었으리라. 세상을 떠난 뒤에야 그때 일이 마음에 걸린다.

　반대로 어느 여배우에게는 이런 얘기를 들은 적도 있다. 지인이 주최한 파티에서 어떤 남자가 말을 건넸다.

　"여어! 잘 지내고 있어?"

　그런데 누구인지 도무지 기억이 안 났다고 한다. 잘 아는 사람일 텐데, 대체 누구지?

　집에 돌아와서야 기억이 불쑥 떠올랐다. 과거에 결혼해서 몇 년 동안 같이 산 사람이었다.

"여어!" 그렇게 친근한 투로 말을 건네다니. 마음 어느 한구석에도 흔적이 남아 있지 않은 사람인데, 하고 불쾌했다고 한다.

그 심정을 알 것 같다. 한때 같이 살았다고 해서 뭐가 어쨌다는 것인가. 마음이 조금도 움직이지 않는데.

만약 파티에서 살아 있는 본인이 아니라 그의 부음이라도 들었다면, 이내 기억이 떠올랐을지도 모르겠지만.

가족 사이에는 산들산들 미풍이 불게 하는 것이 좋다.

상대가 보이지 않을 만큼 지나치게 밀착하거나

사이가 너무 벌어져 소원해지면 가족만큼 까다로운 것도 없다.

제2장

가족이라는 병

화젯거리가 가족밖에 없는 사람은
재미없다

화젯거리가 가족밖에 없는 사람은 재미 없다. 화제가 도통 거기에서 벗어나지 않는다. 이제 다른 이야 기로 넘어간 건가 싶다가도 이내 제자리로 돌아와 또 가족 얘기다.

어느 시기에는 남편 얘기가 많다가, 그다음에는 자식 얘기로 옮아간다.

자식이 좀 좋다 싶은 학교에 다니면 부모는 의기양양하다. 묻지도 않았는데, 어느 중학교에 들어갔다느니, 유명 대학교의 부속 고등학교에 다니고 있다느니. 듣다보면 짜증이 난다. 입 시에 실패한 가족이 있는 사람에게는 자랑으로밖에 들리지 않을 것이다.

가족 얘기는 제 입으로 하지 않는 게 상책이다.

누가 물으면 꼭 필요한 대답만 하지 그 이상의 정보는 제공하지 않는 것이 좋다. 그러지 않으면 상대는 미주알고주알 캐려들고, 그러다 당치 않은 소문의 씨앗을 뿌리게 될 수도 있다. 넌지시 비껴가면서 화제를 다른 곳으로 돌려야 한다.

서로의 프라이버시를 밝혀야 사이좋은 사람인 것처럼 여기는 경향이 있는데, 그런 것으로 관계를 이어갈 필요는 없다.

일흔다섯 살에 아쿠다가와 상을 받은 구로나 나쓰코 씨는 내 대학 시절 친구다. 우리는 처음 만났을 때 서로에게서 비슷한 냄새를 맡았다. 가족이나 개인적인 일에 관해서는 일절 알고 싶어하지 않았다.

어느 출판사에서 우리 둘의 대담집『무리 짓지 않는다 아첨하지 않는다 이렇게 살아왔다』를 출판하기에 앞서 느긋하게 대화를 나눈 적이 있는데, 그때 처음 알게 된 일이 참 많았다.

그래도 대화는 책 얘기와 자신이 지금 생각하고 있는 것에 한정되었다.

대학 시절에는 서로 반목하기도 했지만 그 후로 교류가 끊이지 않은 H씨도 참 듬직한 사람이다. 나는 곤란한 일이 생기면 제일 먼저 그녀에게 털어놓는다. 정치에는 별 관심이 없었는데 당시 학생운동에 열심이었던 그녀에게 큰 영향을 받아 지금은 정치와 사회, 원자력 발전소 사고와 집단 자위권에 대해 기탄 없는 의견을 나누고 있다.

그렇다고 자주 만나는 것은 아니다. 불현듯 생각나면 전화로 얘기를 나누거나 만날 뿐이지만, 그것으로 충분하다. 내 마음 속에는 언제나 그녀가 있다.

가족 얘기밖에 안 하는 사람은 달리 관심사가 없는 것이다. 사회와 환경으로 눈을 돌리면 화제는 자연스럽게 방향이 바뀐 다. 텔레비전을 보면서 정보를 얻는 것도 좋지만, 나는 신문을 꼼꼼하게 읽는다. 텔레비전과 신문의 차이는 생각을 하게 하느 냐 그렇지 않느냐에 있다. 텔레비전은 사실을 나열하는 것으로 끝나는 경우가 많지만, 신문을 읽는 행위는 머리를 자극해서 생각하는 기능을 가동케 한다. 나는 신문이 오지 않는 날엔 맥 이 쭉 빠진다.

유독 자신이 태어나고 자란 집에 관해 얘기하고 싶어하는 사 람도 있다.

내가 방송 일을 하던 무렵, 무슨 말이 나왔다 하면 자신이 자 란 집 얘기를 하는 여자가 있었다.

"이건 말이지, 우리 할머니 때부터 우리 집안에 내려오는 귀중한 거야."

테두리에 다이아몬드가 조르륵 박힌 보석으로 기억하는데, 나는 그런 것에는 관심이 없는 터라 "아, 그래요" 하는 대꾸밖에 하지 않았다.

반응이나 관심을 조금이라도 보이면, 같이 점심을 먹어야 하는 신세가 된다. 그러면 점심을 먹는 내내 그 보석의 내력과 그녀의 집안에 대한 시시콜콜한 얘기를 들어야 했다.

그렇다보니, 그녀가 다가오면 모두 볼일이 있는 척 자리를 피하게 되었다.

정직 본인은 그런 줄은 꿈에도 모르고 점심때가 되면 천진하게 보채곤 했다.

"언니, 점심 먹으러 같이 가지 않을래요?"

참 껄끄러운 여자였다.

가족 얘기는 어차피
자랑이거나 불평

이런 경향이 여자에게만 있는가 하면 꼭 그렇지만은 않다. 남자 중에도 자신의 가족과 집안 얘기밖에 화젯거리가 없는 한심한 이들이 있다. 그것도 대개 엘리트라 여겨지는 집안 출신이 대부분이다. 특히 바깥 세계를 잘 모르는 학자 가족은 그 전형적인 예다.

방송국에서 일하던 시절, 다양한 프로그램을 통해 많은 사람을 인터뷰했다. 인터뷰가 방영된 후, 식사에 초대받는 일이 더러 있었다. 귀찮기는 하지만, 프로그램에 같이 출연한 경우에는 무턱대고 거절할 수도 없다.

내심 싫지만 어쩔 수 없이 식사를 같이 하다보면, 외국에 다

녀왔다면서 선물을 내민다. 받지 않으면 성의를 무시한다며 오
히려 모가 날 수도 있으니, 고가의 물건만 아니면 받는다.

그 프로그램이 종영하던 날 역시 식사에 초대받았다. 이제
다 끝났다, 하고 안도하고 있는데, 그날 나를 초대한 사람은 식
사 자리에서 우리 집안에 대해 꼬치꼬치 캐물었다.

그 사람의 아버지와 할아버지도 유명한 학자였다. 그 정도는
알고 있었는데 시시콜콜 설명해주었다. 나는 일의 연장으로 만
났을 뿐, 개인적인 관심은 전혀 없었다. 오히려 싫어하는 타입
의 인종이었다. 명예욕과 권력지향이 강한 종족, 나는 그런 사
람들을 가장 싫어한다.

우리 아버지에 대해서는 알고 있는지, 그는 어머니에 관해서
물었다. 눈이 많이 내리는 조에쓰 지방에서 오래 산 집안이라
고만 대답했다.

그러자 그가 이런 말을 했다.

"아, 그럼 기껏해야 지주겠군요."

이 얼마나 몰지각한 말인가. '기껏해야'라는 말에서, 상대를
얼마나 바보 취급하고 있는지, 자신의 집안을 얼마나 과시하고
있는지가 뻔히 보였다.

나도 모르게 그 사람의 얼굴을 빤히 쳐다보았다. 그러고는

아무런 표정도 짓지 않은 채, 평소와 다름없는 감정 없는 목소리로 대화를 끝냈다. 그 자리에 있는 것만으로도 불쾌했다.

어머니의 친정은 조에쓰 산속에 있는 중간 정도 되는 지주 집안이었다. 이를 그는 '기껏해야'라고 말했는데, 만약 지주도 아니었다면 뭐라고 했을까. 집안과 가족을 자랑으로 삼고, 그것을 가치로 믿는 남자는 최악이다.

그리고 헤어지는 길에 남자는 또 이런 말을 했다.

"다음에 만날 때는, 손가락 치수를 좀 재오시죠."

대체 무슨 생각으로 한 말이었을까. 반지라도 건네받으면 내가 그에게 마음이 생길 거라는 착각이라도 한 걸까? 내가 어떤 생각을 하고 있는지, 타인의 기분은 안중에도 없는 무심함에 어이가 없었다.

그 뒤로도 몇 번인가 전화가 걸려왔지만, 나는 두 번 다시 그를 만나지 않았다. 생각만 해도 화가 나서, 딱 인연을 끊고 말았다.

그는 도쿄 대학교를 졸업한 소장학자였는데, 그 후에도 일 때문에 만난 도쿄 대학교 출신의 엘리트 교수들 중에는 이런 타입이 적지 않았다.

부모는 그들을 과연 어떻게 교육한 것일까. 집안과 가족 얘기를 수도 없이 자랑스럽게 한 탓에, 자식이 아무런 의심 없이 대놓고 가족 자랑을 하게 되었는지도 모르겠다.

우리는 평생을 살면서 무수한 일을 화제로 삼는데, 그중에 삼 분의 일이 남 얘기다. 삼 분의 일은 남자와 여자에 관한 얘기, 그리고 나머지 삼 분의 일이 필요한 얘기라고 한다. 즉 삼 분의 이는 하나 마나 아무 상관 없는 얘기라는 뜻이다.

가족 얘기는 어디에 속할까. 남 얘기다. 삼 분의 일이나 그런 화제에 할애하다니 놀랍다.

가족 얘기는 왜 하나 마나 한 시시한 얘기일까. 그래봐야 자랑이거나 불평이며, 발전성이 없어서다. 대화를 나누는 사람끼리 가족 얘기를 하면 서로의 상처를 위로하든지, 일방적으로 듣기만 하는 패턴이 반복된다. 어느 쪽이든 그리 유쾌한 일이 아니다.

이 병, 왜 골치 아프냐 하면 한 번 걸리면 낫지 않을 뿐만 아니라 점점 심해지기 때문이다. 그러니 가족 얘기는 하지 말자. 그래도 하고 싶어지면, 꾹 참고 말을 삼키자. 가족 얘기를 꺼내려는 상대에게 말려들지 않도록, 화제를 바꾸자. 나는 내 입으로는 가족 얘기를 하지 않기로 작정하고 있다.

나이를 먹으면 화제가 빈곤해진다. 관심의 범위가 좁아지는 탓이 클 것이다. 병이나 건강에 관한 얘기, 그다음으로 이어지는 것은 보나 마나 가족 얘기다.

가족을 화제로 삼는 병이 도지기 전에, 다른 방향으로 화제를 틀자. 그렇다고 진짜 병 얘기만 해서는 우울해지겠지만.

다른 가족과 비교하는 순간,
불행이 시작된다

　　　　　　　가족 얘기를 늘어놓는 사람들의 가장 큰
문제점은 자기 가족 외에는 전혀 돌아보지 않는다는 것에 있
다. 다른 일에는 관심이 없다. 자기 가족만 좋으면 그만이라고
생각한다. 이른바 가족 이기주의다.

　이런 사람들은 사건이 생기면 가장 먼저, 자신과 관계가 있
는지 없는지를 따진다. 어떤 사고가 생겨도 자기 가족에게 그
여파가 밀려오지 않으면 안심한다. 나머지는 남의 일이다.

　세계적으로 보면 비행기가 추락하는 사고가 종종 일어나고
배가 침몰하는 사고도 생긴다.

그런데 우리나라 뉴스에서 사건을 다루는 방식은 참 흥미롭다.

사고 비행기에, 또는 침몰한 배에 자국민이 있으면 대대적으로 보도한다. 텔레비전에서나 신문에서나. 자국민이 없으면 시간이 흐르면서 서서히 할애하는 시간과 지면이 줄어든다. 그러다 마지막에는 그 사고 그다음에 어떻게 되었지? 하고 궁금해할 정도로 보도에서 사라져버린다.

자국민이나 아는 사람이 희생자에 포함되어 있지 않은 경우, 매스컴뿐만 아니라 일반 사람들도 왠지 모르게 안도한다. 우리나라, 또는 나와는 무관한 일이라며 잊어버리고 만다.

국가 이기주의에 빠져 다른 나라 일은 알 바 아니라는 국민성이 고개를 쳐든다. 유럽 사람들은 나라가 대륙으로 이어져 있기 때문인지 상황이 좀 다른 듯하다. 남의 일이라 여기지 않고 늘 주의를 기울이며 만약 우리나라와 자신에게 이런 일이 생긴다면? 하고 상상력을 발휘한다. 그런데 우리나라 사람들은 이런 점에 둔감하다. 자기 나라는 물론 다른 나라에 대해서도 생각할 줄 알아야지, 그렇지 않으면 요즘 같은 글로벌 시대에 버텨낼 수 없다.

자국민이 포함되어 있느냐 없느냐가 첫째라면 그다음은 희생자의 수다. 희생자가 많으면 크게 다루어 보도하고, 적으면 조그맣게 다룬다. 희생자의 수가 적든 많든 많은 사람 목숨의 소중함은 다르지 않을 텐데 말이다.

자국민이냐 아니냐, 혹은 같은 고향 사람이냐 아니냐. 그런 기준으로 관심을 두는 것 자체가 잘못이다. 자신의 가족일 경우와 아닐 경우에 슬픔이나 충격의 정도가 크게 달라진다. 종교에 그다지 무게를 두지 않는 사람이 많은 우리나라의 경우, 타인을 자기 가족처럼 사랑하는 것이 좀처럼 쉽지 않은 듯하다.

제각각 가족이라는 껍질 안에 틀어박혀, 조그만 행복을 지키려는 병에 걸려 있는 듯하다.

'타인의 불행은 꿀맛'이라는 옛말처럼, 우리는 종종 남의 가족과 사신의 가족을 비교해서 행복의 정도를 측정하곤 한다. 그러나 다른 가족과 자신의 가족을 비교하는 것이야말로 모든 악의 근원이다.

자기 나름의 가치 기준이 없기 때문에 두리번두리번 사방을 돌아보고, 친구나 지인의 가족과 비교하는 것이다.

과거에는 '세 가지 잡동사니'라고 일컬어지는 물건이 각 가정에 있었다. 한 가지는 자식이 어렸을 때 샀으나 지금은 아무도 사용하지 않는 피아노. 조율하지 않아 음이 엉망이다. 또 한 가지는 백과사전 전집. 한 번도 들춰보지 않아 샀을 때 그대로

다. 가구가 아니라 사용할 수도 없으니 거치적거리기만 할 뿐이다. 마지막 한 가지는 가족 누군가가 받아온 스포츠 대회 우승컵.

이 세 가지는 모두 한자리를 차지하고 있다. 사용할 일이 없으면 버리면 좋으련만 왠지 버릴 수도 없다. 다른 가정에도 있기 때문이라는 이유에서다. 요즘에는 좀 달라졌지만, 여전히 잡지에서 어떤 인테리어가 소개되어 화제를 끌면 같은 물건이 날개 돋친 듯 팔린다고 한다.

자기 가정의 독자성을 고려하기 전에, 다른 가정을 흉내 내는 것부터 시작하는 탓이다. 가족 이기주의로 똘똘 뭉쳐 있으면서도 실제 생활에서는 자신감이 떨어지기 때문이다. 그래서 다른 가족에 신경 쓰면서 자기 집이 좀 더 낫다고 생각되면 자랑을 하고, 다른 집이 더 좋다 싶으면 불평과 불만을 터뜨린다.

가정마다 꾸민 모습, 사는 모습이 다르기에 재미있는 것이다. 서로의 차이를 인정할 수 있어야 상대 가족을 존중하는 마음도 우러나는 것이다.

그런데 자기 가족만 좋으면 타인은 어떻게 되어도 상관없다는 가족 이기주의, 자신이 사는 지역만 무사하면 괜찮다는 지역 이기주의, 자기 나라만 탈 없으면 무방하다는 국가 이기주의, 이런 것들이 모두 다툼과 싸움과 전쟁의 근원이 된다.

가족 이기주의는 어떻게 해서 생기는 것일까. 가족 각자가 개인이라는 생각 없이 가족의 일원으로 해야 할 역할을 연기하기 때문이 아닐까 싶다.

'반려'와 '파트너'라는 호칭이 갖는
의미

      아버지, 어머니, 아들과 딸. 각자가 부모로서의 역할, 자식으로서의 역할을 함으로써 가족이 지켜진다. 역할을 탈 없이 수행하는 한 평온하다.

  과거에는 화롯가에도 아버지가 앉는 자리와 어머니가 앉는 자리가 정해져 있었다. 식탁에서도 아버지와 어머니, 자식이 앉는 자리가 정해져 있었다. 역할이 고정되어야 가족이라는 개념이 완성되었던 것이다. 거기에서 벗어나면 건전한 가정으로 여겨지지 않았다. 전쟁이 끝난 후 우리나라도 가족보다 개인을 우선하게 되는 경향이 생겼고, 더불어 가족 관계에도 조금씩 변화가 왔다.

부부와 자식이라는 형태 외에도 부부 단둘, 아버지와 자식, 어머니와 자식으로 구성된 가정이 늘어났다. 더는 아버지와 어머니, 그리고 자식이 갖춰진 가족이 이상형은 아니다. 어떤 식의 구성도 가능하다. 역할이나 틀에 얽매이지 않는, 인간성을 존중하고 자유로울 수 있는 가족 구성이 중요하다.

지금 나의 가족은 하나뿐인데, 나는 대외적으로 그 사람을 반드시 '반려'라고 칭한다. 반려는 주종관계가 없는 참 좋은 말이다. 더불어 살아가는 실상을 잘 나타내주고 있어 마음에 든다.

하이쿠 시인이자 나의 친구인 나카야마 지카, 그녀가 결혼 생활을 하면서 상대를 반려라고 불렀다. 참 적절한 호칭이라고 생각했다. 그 후로는 나도 글을 쓸 때나 말을 할 때나 반드시 '반려'라고 하고 있다.

때로 이 단어를 수정해달라고 요청받는 일이 있다. 어느 여성 잡지에서 인터뷰를 했을 때 일이다.

나는 분명히 '반려'라고 했는데, '주인'이라는 말로 인터뷰 원고가 수정되어 있었다. 나는 의식적으로 반려라는 말을 사용한다. 반려는 삶과 생활을 함께하는 지금 나의 생활에 가장 적절한 말이기 때문이다. 그런데 굳이 '주인'이라고 수정한 편집자는 내가 말을 잘못 사용했다고 생각한 것일까.

그녀 의식에서는 '주인'이 옳았을 것이다. 그렇다면 남편은 말 그대로 가족 중에서 주인 되는 사람이라는 뜻이다. 그런 가치관을 지닌 사람도 물론 있고, 보통은 또 그렇게 생각한다.

그러나 가족의 수만큼 호칭도 각자의 사고방식도 다르다. 자신의 가치관을 강요해서는 안 된다.

나는 교정지 단계에서 '주인'을 다시 '반려'로 수정했는데, 편집자는 여전히 석연치 않아하는 표정이었다.

파트너라는 호칭도 비교적 널리 사용되고 있다. 파트너는 즉 반려다.

파트너는 결혼한 상대가 아니어도 괜찮다. 생활을 함께하는 사람, 각별한 사이에 있는 사람이다. 그 사람이 반드시 이성이어야 하는 것은 아니다. 동성끼리라도 상관없다. 가장 신뢰할 수 있는 사람끼리면 된다. 이미 동성혼을 인정하는 나라도 있고, 최근에는 우리나라의 도쿄 시부야 구에서도 동성 파트너를 인정하려는 움직임이 일고 있다.

혼인신고라는 틀에 얽매이지 않는 '파트너'라는 표현은 자유롭고 좋다.

나는 원래 혼인신고를 할 마음이 없었다. 그런데 반려와 실제로 살아보니 갖가지 제약이 따랐다. 부부는 마땅히 서로 성이 달라야 한다고 생각하는데 우리나라는 결혼하면 남편의 성을 따라 여자의 성이 바뀐다. 여자가 성을 바꾸지 않으면, 무슨 일이 있을 때마다 그때그때 달리 써야 하는 불편함이 따른다. 이제야 그런 문제점을 재고하기 위해 최고재판소에서 법 해석에 따른 판단을 내리려 하고 있다.

파트너로 사는 것으로 충분하다. 구미에서는 당연하게 여겨지는 일이다. 호적상의 아내 외에 파트너가 있는 예가 얼마든지 있다. 내가 성악을 배웠던 여자 오페라 가수는 나이 예순에 일흔 살의 독일인 파트너를 찾았다. 그는 세계적으로 유명한 학자인데, 파티나 학회에 참석할 때는 파트너를 동반한다. 따라서 그녀는 호적상의 아내는 아니다.

프랑스 역대 대통령, 미테랑과 사르코지, 그리고 현직 대통령 올랑드도 모두 파트너가 있다. 공개적인 장소에 당당하게 파트너를 동반하는 그들은 보기에도 참 유쾌하다.

닫힌 관계로서의 가족이 아니라 밖을 향해 열린 가족도 괜찮지 않을까.

'자식을 위해 이혼하지 않는다'는 정당한가

다니자키 준이치로와 마쓰코 부인 사이에 오간 미공개 편지가 발견되었다. 『세설』을 집필하기 전후의 편지라고 한다. 『세설』은 전시 중 문학잡지에 그 일부가 발표되었지만, 간사이 지방의 유복한 가정에서 화사하게 생활하는 네 자매의 이야기가 시대에 맞지 않는다고 해서 출판이 금지됐다. 그 바람에 당시에는 완성하지도 세상의 빛을 보지도 못했다.

자비 출판으로 책을 내면서 소설을 계속해 써나갔던 다니자키에게 큰 힘이 되었던 사람은 바로 갓 결혼한 아내 마쓰코 부인이었다. 『세설』은 마쓰코 부인의 친정집 네 자매를 모델로 하고 있다. 다니자키는 간사이 지방에 강연하러 내려갔다가 마쓰코 부인을 만나 한눈에 반했다고 한다.

그때 다니자키의 심경이 고스란히 드러나 있는 편지 여러 통이 발견된 것이다.

하지만 당시 다니자키에게는 아내가 있었다. 마쓰코 부인 역시 간사이 부호의 아내였다. 두 사람이 결혼에 이르기까지는 많은 시련이 있었다. 다니자키의 부인은 훗날 다니자키의 친구이자 작가인 사토 하루오의 부인이 되었는데, 그 스캔들은 세상을 떠들썩하게 했다.

마쓰코 부인도 전남편과 이혼하기까지 오랜 시간이 걸렸다.

두 사람은 편지를 주고받으면서 서로를 향한 마음을 다져갔을 것이다. 결혼 후, 마쓰코 부인은 다니자키의 든든한 지원자가 되어 두 사람이 함께 작품을 만들어갔다.

물론 두 사람의 결혼에 대해 세상의 눈이 곱지 않았을 것으로 생각한다. 가족이 일치단결해서 전쟁에 임했던 시대가 아니던가.

결혼해서 아내가 있는 사람이 남편이 있는 여자와 교제를 하다니, 당사자가 비록 대소설가 다니자키여도 사람들이 좀처럼 인정하려들지 않았을 것이다.

혹독한 시대에 자신들의 사랑을 관철했던 의지와 에너지가 감탄스럽다.

다소의 어려움에는 두 눈 질끈 감고 인내와 끈기로 가족을 지키는 것이 미덕으로 여겨졌던 시대다. 따라서 가족을 위해 희생하는 것도 당연시되었다.

물론 가족을 위해 희생하는 일은 지금도 훈훈하고 아름다운 일이다. 그래서 사람들은 "정말 대단하네" "나는 흉내도 못 낼 일"이라고 하면서 상찬한다.

과감하게 사랑을 관철하기 위해서는 두 사람의 정열이 필수 조건이다. 강함도 필요하다. 자신의 가정뿐 아니라 부모 형제에게도 큰 폐를 끼치는 일이라, 포기하고 마는 경우가 적지 않았다. 여자 쪽은 더욱 타격이 컸을 것이다.

그 시대에도 그런 상황에 굴하지 않고 자신의 의지를 꿋꿋하게 밀고 나가는 여자가 있었다.

야나기와라 뱌쿠렌(1885~1962, 다이쇼 시대에서 쇼와 시대에 걸친 가인. 다이쇼 천황의 종매이기도 하다-옮긴이)은 나이 어린 학생과 사랑에 빠져 규슈의 탄광왕인 남편 곁을 떠났다. 뱌쿠렌의 과감한 행동에 나는 박수를 보내는 한편 그 강함에 머리가 숙여진다. 당시는 시대를 앞서 가는, 자각한 여자들이 여류

문학가와 페미니스트들의 단체였던 세이토샤를 비롯해 다양한 분야에서 자기 목소리를 내기 시작한 때였다.

시대적인 흐름도 큰 힘이었겠지만, 그때 여자들이 지금보다 훨씬 용감하게 사랑하고 목숨을 걸고 인연을 찾아 나설 수 있었던 것은 왜일까.

사랑은 금기가 많으면 많을수록 더욱 불타오른다. 금기 때문에 꼼짝달싹할 수 없어진 새장 안의 새는 자유롭게 날아오르는 날을 꿈꾼다. 간통죄가 있었기에 사랑의 도피행과 동반자살이 횡행했으리라고 쉽게 상상할 수 있다.

그런데 현대인은 노리어 용기가 없다. 사람의 이목이 두려워 금실이 좋은 부부를 연기하면서, 마음을 나누지 못하는 생활을 그대로 유지한다.

개중에는 참고 사는 자신에게 취해 있는 사람도 있다.

자식이 성장할 때까지는, 학교를 졸업할 때까지는, 이혼하고 싶어도 하지 않는다. 그런 부부를 자식은 어떤 눈으로 보고 있을까.

억지를 부리는 것은 자식에게 아무런 도움이 되지 않는다. 솔직하게 자신의 의사를 정하고 결단을 내려야 마땅하다.

우리나라에는 자식을 위해 이혼하지 않는 부부가 많다고 한다. 사이가 좋지 않은 부부가 서로 참고 살면, 자식은 이를 금방 감지하는데 말이다.

결혼만큼 스트레스가 쌓이는 일도
없다

내가 아는 사람 중에 '남편이 정년퇴직
할 때까지는' 하면서 참고 산 여자가 있다.

고부간의 갈등으로 진을 빼고, 자식 일로 늘 티격태격했다.
그럴 때마다 혼자서 인생을 다시 시작하고 싶다고 생각하면서
도 결단을 내리지 못했다. 남편이 정년퇴직할 때까지만이라고
도 마음먹었지만, 남편이 출세해 큰 회사의 간부가 되는 바람
에 은퇴할 날이 좀처럼 오지 않았다. 아침 일찍부터 밤늦게까
지 회의에 쫓기는 바쁜 생활을 옆에서 보고 있자니 말을 꺼내
기도 쉽지 않았다.

자식이 결혼해서 분가하자, 단둘이 남았다. 마음은 싸늘하게

식었는데, 지금까지 견뎌온 세월이 아깝고 과연 무엇 때문에 참고 살았나 싶어 헤어질 수도 없었다. 경제적인 불안감도 있었다.

그러나 그녀는 다부진 사람이었다. 전업주부를 일이라 여기고, 남편에게 받은 돈을 절약해 자신의 앞날을 위해 저금했다.

드디어 그날이 왔나 싶었다. 하지만 남편의 퇴직이 또 연기되고 말았다. 결국 남편을 생각해 이혼을 또 미뤘다.

그녀가 이혼을 실천에 옮기는 날은 이제 없지 않을까 생각한다. 그렇게 사는 것도 나쁘지 않다. 취미 생활에 돈을 쓸 수 있는 것도 남편의 수입이 있기에 가능한 일이 아닌가. 그녀가 자신의 선택에 스스로 책임을 지면 될 일이다.

전업주부를 직업으로 수용하고 누구 못지않게 노력하고 있으니, 자기 삶의 방식에서 나온 선택이라고 믿고 싶다.

게다가 그녀의 경우 절대 수동적이지 않다. 인내하고 있다는 의식은 없다. 따라서 스트레스도 별로 쌓이지 않는 것처럼 보인다.

눈치 빠르고 여성스럽고 분위기가 차분한 한 여자가 있다. 남편과 사별하고 두 자식을 키우면서 내가 아는 남자와 재혼했다.

그 남자가 참으로 제멋대로라 남에게는 말 못 할 고민이 많았던 것이리라. 유방암에 걸리고 말았다. 암은 대부분 스트레스가 원인이라고 한다. 상당히 건강한 사람이었는데 조금씩 암이 진행되었다.

그런데도 남편은 집안일을 아내에게 떠맡기고, 전처의 자식에게 재산을 물려줄 궁리밖에 하지 않았다. 옆에서 자신을 뒷받침해준 그녀를 돌아보지도 않았다.

보다 못한 친정어머니가 친정으로 데려오려고 찾아간 적도 있었다.

그런데도 그녀는 자신이 선택한 일이라면서 남편과 헤어지지 않았다.

부부의 일이니 남은 그 속을 알 수 없겠지만, 그 결혼생활은 그녀의 희생 없이는 성립할 수 없지 않나 생각한다. 좀 더 자신을 소중하게 여겨줬으면 싶은데 말이다.

그녀가 가진 아름다움은 옛 여성들과 비슷하다. 내면에서 배어 나오는 아름다움이다. 남편에게 최선을 다하는 것을 자신의 임무라 여기고 자기 생각은 억누른다.

나는 그런 그녀에게 얼마나 많은 도움을 받았는지 모른다. 그래서 조금이라도 상황이 좋아지기를 바랐는데, 얼마 전에 만났을 때는 파킨슨병의 영향으로 지팡이까지 짚고 있었다.

그 일을 우리가 같이 아는 다른 친구에게 전하자, 친구는 이렇게 말했다.

"결혼만큼 스트레스가 쌓이는 것도 없지."

그녀는 과거 십 년 정도 결혼 생활을 하다가 이혼하고 도자기 만드는 일에 전념하기 시작했다.

날로 솜씨가 늘어 지금은 그녀 특유의 개성 있는 도자기로 인기를 얻고 있다.

진흙을 사용한 소박하지만 친근감 있는 도자기를 보기 위해 많은 사람이 전시실로 개방한 그녀의 집을 찾는다. 백 살이 된 어머니와 둘이 살고 있는데, 어머니는 입원했다가도 외동딸을 위해 반드시 기운을 되찾아 집으로 돌아온다.

"스트레스가 가장 안 좋은 거야. 가족 사이에 갈등이 있으면 하루가 멀다고 스트레스가 쌓이잖아. 참지 말고 자신의 길을 가면 좋은데."

나도 친구의 이런 의견에 찬성한다.

여자는 아이를 꼭
낳아야 하나

정부는 여성의 일자리 마련에 주력해야 한다고 강조하곤 한다. 하지만 여성을 사회적인 인재로 활용하는 데 아직까지 우리는 구미에 비해 한참 뒤떨어져 있다.

나는 대학을 졸업한 후로 줄곧 일을 하고 있는데, 처음 NHK라는 거대 조직에 들어갔을 때만 해도 남녀고용 기회균등법 따위는 없었다. 출산휴가제도 역시 지금처럼 제대로 갖춰지지 않았었다.

남자들이 여자들에게 성적인 언사를 내뱉는 것도 다반사였다.

조금이라도 피곤한 표정을 지으면 "어젯밤에 꽤 놀았나보군"하는 것은 예사.

결혼한 여자에게는 "그만두지 그래? 남편이 아무 말도 안 하나봐" 하는가 하면, 임신한 여자에게는 "야, 배가 그렇게 남산만 한데 회사를 잘도 다니는군" 했다.

여자들은 그런 모욕적인 언사를 견디면서 일해야 했다. 어이가 없고 한심해서 나는 그냥 흘려듣곤 했지만, 그런 말에 기분이 상해 일을 그만두는 여자도 있었다.

그 탓에 유능한 인재를 얼마나 많이 잃었는지 모를 것이다. 참 아까운 노릇이다.

점차 그런 일이 줄어들고는 있지만, 이번에는 인구 증가율이 심각하게 낮아져 적극 출산을 장려하게 되었다. 국가 정책이 얼마나 중구난방인지 절실하게 느낀다. 개인의 행복이 아니라 국가의 사정에 따라 정책을 강요하니 말이다.

전시 중에는 '낳아라 불려라' 하는 말이 슬로건이었다. 인해전술에 필요한 전력을 충당하기 위해서는 인구 증가가 반드시 필요했던 것이다. 어린 병사들이 중국으로, 동남아시아로 보내졌다. 여자들도 후방을 지키는 동시에 기계와 무기 제작에 동원되었다. 생명이 국가의 사정에 따라 불어났고, 국가의 사정에 따라 소멸되었다.

베이비붐 세대가 출현하는 등, 전후에 갑자기 인구가 증가하더니 또 줄어들기 시작했다. 앞으로 몇 년 후면 베이비붐 세대는 모두 고령자가 되는 반면, 젊은이들은 줄어들 것이다. 지방에서는 이런 징후가 이미 나타나고 있다. 젊은이들은 취직자리도 없는데, 도시로 몰려들고 있다.

인구 감소 때문에 여자들에게 아이를 낳으라고 장려하지만, 아이를 낳기에 바람직한 환경 조성은 늘 뒤로 미뤄진다. 어린이집 등의 보육 시설이 항상 부족해, 아이를 낳아도 안심하고 맡길 곳이 없다. 아이가 있어도 회사에서 제 몫을 다할 수 있다면 승진의 길은 열려 있다고 말은 하지만, 여자에게는 그림의 떡이 아닌가.

법률적으로는 남자도 육아휴직을 할 수 있다. 그러나 현실은 좀 다르다. 남자들이 회사를 쉬면서까지 육아에 전념하는 것은 바라기 어렵다. 남자 자신의 몸에 밴 오랜 습관이 그것을 거부하기 때문이다.

여자가 아이를 가지려 할 경우, 일이나 육아 중 하나를 선택해야 하는 기로에 놓인다. 내 경우에도, 만약 병행할 수 있었다면 지금과는 다른 선택을 했을지도 모른다. 하지만 나는 주저없이 일을 선택했다. 내 주위에는 자기표현의 수단으로 평생일을 계속하고 싶어 일을 선택한 사람들이 많다.

그러나 아이를 낳기에 충분한 환경이 갖춰져 있었더라면 생각이 달라졌을지도 모른다. 일에 만전을 기하려는 여자일수록 아이를 포기하지 않을 수 없기 때문이다.

북유럽의 공공기관은 여자가 우두머리 자리를 절반이나 차지하고 있다. 게다가 파트너까지 있다. 핀란드의 헬싱키에서 만난 시장은 여자였다. 파트너가 육아와 가사를 전담한다고 했다.

일본은 국회의원을 비롯해 요직을 차지한 여자들의 숫자가 극히 적다. 세계 상황을 보면 여자 수상과 대통령이 여럿 있는데 말이다.

그러나 이 나라에서 여자 수상의 탄생은 요원할 것 같다. 지금까지 여자 수상감으로는 도이 다카코 씨(1928~2014, 사회당 위원장, 사회민주당 당수를 역임한 일본의 여성 정치가-옮긴이)가 가장 유력했다고 나는 생각한다. 그러나 그녀가 활약한 시대가 여자 수상이 탄생하기에는 일렀다. 주위에 포진한 남자 참모들이 그녀를 잘 보필하지 못했고, 시대적으로도 남성의 편견이 여전히 힘을 지니고 있었다. 며칠 전 도이 다카코 씨를 추모하는 모임에 참석했다. 참 아까운 사람을 잃었다는 아쉬움을 절감했다.

여자를 사회적 인재로 등용하고, 또 여자에게 아이를 낳아주기를 바란다면 환경 인프라를 구축하는 것이 우선이다.

스웨덴에서는 여성의 사회 진출과 더불어 일시적으로 출생률이 감소했다. 그런데 지금은 다시 증가세로 돌아왔다고 한다. 여자가 아이를 안심하고 낳은 후에 사회로 복귀, 아이를 키우는 동시에 자신의 역량을 한껏 발휘할 수 있는 사회적 구조가 갖춰져 있는 덕분이다.

출산을 장려하기에 앞서 이런 구조를 갖추는 것이 필수이며 우선 조건이다.

무조건 아이를 낳으라고 하는
잔인함

우리나라에서는 여전히 집안일에 관한 모든 것을 여자가 떠안고 있다. 가사, 육아, 교육, 최근에는 늙고 병든 부모의 병 수발까지 겹쳐, 그 때문에 일을 그만두는 경우도 증가하고 있다. 부모 병 수발의 80퍼센트는 여자가 떠맡고 있다. 남자는 가령 자신의 부모라도 아내의 손을 빌리지 않을 수 없다.

그런 부담을 떠안고 있는데다 사회적인 활동까지 하고 있다면 슈퍼우먼이 되지 않고는 도저히 맡은 일을 다 해낼 수 없다.

올해 예산에서 병 수발에 대한 지원금이 대폭 삭감되었다. 요양원 등 노인 문제와 노인을 간병하는 인력의 월급은 늘었다고 하지만, 정부는 앞으로 집에서 가족들이 병 수발하는 것을 기본 방침으로 하겠다고 한다.

집으로 관계자가 찾아와 병 수발을 돕는 경우에도 여러 가지 거쳐야 하는 단계가 있다. 정작 급한 일이 닥쳤을 때는 가족에게 그 역할이 돌아온다. 특히 가정에 있는 여자, 즉 아내를 상정하고 있는 것이다.

병 수발에 여자의 인력이 필요하다면, 사오십 대가 되어 책임 있는 위치에 오른 여자들이 한창 일할 나이임에도 일선에서 물러나지 않을 수 없다. 이래서야 여성의 사회 진출이 과연 가능할 것인가. 좋은 환경을 갖추고 있는 사람만이 살아남을 수 있다는 것은 불공평하다.

내가 지금까지 쉬지 않고 일할 수 있었던 것은 자신의 선택으로 출산과 육아를 거부하기도 했거니와, 집안일 중 취사는 거의 남편이 취미 삼아 도맡아 했고, 일주일에 한 번은 도우미가 와서 청소와 빨래를 해준 덕분이다.

부모님은 간병하고 어쩌고 할 새도 없이 모두 병으로 돌아가시고 말았다. 따라서 병 수발의 고통은 알지 못하지만, 친구와 지인의 경험담을 들을 때마다 그 수고에 고개가 수그러진다.

정부는 여자의 삶에 대해 뭐라 군소리를 하기 전에, 사회 환경을 구축해놓으면 된다. 그러면 여자들도 자신의 삶 정도는 스스로 생각해서 행동할 수 있다. 오늘날의 여성은 현명하고, 어쩌면 남자보다 진지하게 자신의 삶에 대해 숙고하고 있다.

몇 해 전, 어느 국회의원이 '여자는 아이를 낳는 기계'라는 망언을 했는데, 여자에게도 자신을 표현하고 자유롭게 살 수 있는 권리가 있다. 인구가 감소하고 출산율이 저조한 현실 앞에서 여자는 반드시 아이를 낳아야 한다는 구시대적인 사고로 돌아가지 않도록 이런 망언들을 감시할 필요가 있다.

아이를 낳고 싶어도 낳을 수 없는 사람도 있다. 최근에는 의술에 힘입어 치료로 아이를 갖게 되는 예도 있지만, 원하지만 낳을 수 없는 여자에게 '아이를 낳아라' 하는 국가의 정책은 가혹한 일이 아닐 수 없다.

과거에는 칠거지악이라고 해서, 여자가 결혼하고도 아이를 낳지 못해 이혼당하는 사례가 적지 않았다. 게다가 장손인 가정에서는 반드시 대를 이을 아들을 낳아야 했다.

하지만 자식이 꼭 자신의 DNA를 물려받은 아이여야 하는 것은 아니지 않은가. DNA를 물려받지 않았더라도, 다 같은 자식일 수 있다. 구미에서는 번듯한 자식이 있는데도 입양을 하는 예가 적지 않다. 그리고 자신의 자식과 똑같이 키운다.

왜 우리만 유독 DNA에 집착하는지 모르겠다. 자신의 핏줄을 이은 아이를 이 세상에 남기고 싶은 본능적 욕구가 조상으로부터 내려오기 때문일까. 그런 사고가 혈연은 즉 가족이라는 사고로 이어진다.

혈연이 아니더라도 정과 마음으로 이어져 있다면 충분하지 않은가. 마음이 이어지지 않았으면서 핏줄에 집착한다면, 이는 모순된 일이 아닐 수 없다.

태국에서 자신의 정자를 여러 여자에게 제공해 대리 출산을 하도록 한 남자가 있다는데, 자신의 DNA를 물려받은 자식에 집착한 나머지 그렇게 기이한 일이 벌어지는 것이다.

가족에게 버려져야
평안을 얻는 사람들

———————

　　　　　　행복한 가족이란 어떤 가족을 말하는 것
일까.

부모와 형제가 다투는 일 없이 사이좋고 평화롭게 서로를 이
해하며 사는 가족. 경제적으로도 웬만큼 풍족하고, 건강해서
다른 사람들이 부러워하는……. 만약 그런 가족이 현실적으로
존재한다면 오히려 섬뜩할 것 같다.

가족은 가장 가까이에 있기에 늘 마음이 쓰이는 존재다. 서
로 다투거나 싸우기도 하고, 가치관과 성격도 다 다르다. 그러
니 충돌하는 일도 많고, 한번 갈등이 불거지면 해결의 실마리
를 찾는 것도 좀처럼 쉽지 않다. 그래서 서로 양보하고 허용할

수 있느냐 없느냐가 중요한 것이다.

대부분 가족은 늘 살얼음판을 디디면서 위태롭게 균형을 유지하고 있다. 시소처럼 한쪽이 무거워지면 다른 한쪽을 무겁게 해서 균형을 잡는 것이다.

그러니 가족 사이가 원만하지 못하더라도, 자신에게 정직하게 사는 사람의 행복도가 더 높지 않을까.

반려가 대학에서 가르친 학생 중에 신문기자가 된 여학생이 있다. 그녀는 요코하마의 고토부키초 같은 도야가이(일용노동자들이 모여 사는 동네. 요코하마의 고토부키초, 오사카의 아이린 지구, 도쿄의 산야 등이 유명하다 — 옮긴이)를 취재하다가 그 동네에 사는 노숙자 아저씨들과 친해졌다. 지금도 그녀가 가면 동네 아저씨들이 따뜻하게 맞아준다. 그녀가 우울증으로 힘들어했을 때도 큰 힘이 되어주었다고 한다.

그들은 가족을 버리고 집에서 나온 사람들이다. 최저 생활을 하면서도 신문을 빠짐없이 읽고, 책을 좋아하고, 글을 쓰는 사람도 있다. 언젠가는 「아사히 신문」에 늘 시를 투고하는 시인이 있었는데, 그 사람이 도야가이에 사는 사람이라는 것이 밝혀져 논픽션으로 다뤄진 적도 있었다. 나도 그 사람의 시를 좋아했는데, 정작 사람을 찾을 수는 없었다. 세상에 얼굴을 드러내고 싶지 않아 몸을 숨긴 것이리라.

그는 소리 없이 사는 인생을 택한 사람이다. 과거에 어떤 일이 있었는지는 알 수 없다. 어떤 고통과 슬픔을 겪었을 텐데, 가족의 힘으로 치유되기는커녕 오히려 가족 때문에 도졌을 것이다. 그래서 마지막으로 가족을 버린다는 결단을 내렸던 게 아닐까. 아니면 가족에게서 버려지고 나서야 간신히 평안을 얻었는지도 모르겠다.

가족도 한때는 찾아 나섰겠지만, 그러다 포기했을 것이다. 인간은 어차피 태어날 때나 죽을 때나 혼자다. 혼자여서 가장 충족되는 일도 있다. 반려가 있는 나도 혼자 있는 시간이 가장 홀가분하고 좋다.

내일 일을 알 수 없는 고독한 삶을 사는 사람은 어떻게 마음의 평형을 유지할까. 아니 어쩌면 그들이야말로 스트레스가 없는 생활을 누리고 있는 것은 아닐까.

스미다 강변과 우에노 공원에 종이 상자로 집을 짓고 사는 노숙자들도 마찬가지일 것이다. 단속이 나오면 그때만 철거했다가 다시 돌아온다. 한번 맛보면 그 이상의 자유도 없는지 모른다.

내가 사는 도심의 아파트 옆에는 조그만 공원이 있다. 그 공원 벤치를 노숙자 아저씨가 차지하고 있다. 벚꽃 피는 계절이면 꽃그늘 아래에서 술을 마신다.

나는 어쩌다 그 아저씨와 얼굴을 아는 사이가 되어, 한번은 같이 술을 마신 적이 있다. 아저씨는 자신과 가족에 대해서는 단 한마디도 하지 않았고, 나 역시 묻지 않았다. 정치와 사회 얘기를 나누며 꽤 즐거운 시간을 보냈다. 공원에 사는 고양이 산짱도 그를 잘 따라 밤에는 같이 잔다고 했다.

그런데 그 아저씨의 모습이 하루아침에 사라지고 말았다. 벤치는 철거되고 그 자리에 걸터앉을 수 있는 조그만 바위가 놓여 있었다. 아파트 주민 누군가가 구청에 신고했는지도 모르겠다. 이 겨울 하늘 아래 어디로 갔을까, 생각하니 걱정스러워 견딜 수가 없었다.

공공기관은 가족이 없는 사람에게 더 매정하다. 가족이 있으면 안심한다. 그 가족이 어떤 가족일지라도.

부모의 학대 때문에 아이들이 사망하는 예가 있다. 기관은 부모가 학대한 사실을 파악하고 있으면서도 친부모가 그랬다는 이유로, 가족이 있다는 이유로 주의 정도에만 그친다. 그래서 사태를 사전에 막지 못하는 사례가 많다.

가족이 있으면 안심하는 사회에 지나치게 길들어져 있는 것은 아닐까.

　우리 역시 직업이나 결혼을 결정할 때, 가족이 있다는 이유만으로 안이하게 선택하고 결정하는 것은 아닐까.

고독사는
불행이 아니다

NHK의 다큐멘터리였다고 기억한다. 오래전에 집을 나가 도야가이에서 생활하는 아버지를 찾아 나선 아들 얘기다.

아들은 아버지가 집을 나간 탓에 갖은 고생을 다 겪었다. 그래서 오래도록 아버지를 원망했는데, 성장해서 취직을 하자 아버지가 왜 집을 나갔는지 의문을 품고 찾아 나섰다. 그리고 오사카의 아이린 지구에 살고 있다는 것을 알아냈다.

그는 마음을 다지고 친아버지를 만나러 갔다. 태어난 지 얼마 안 되어 헤어졌기 때문에 얼굴도 가물가물했다. 처음에는 어색했지만, 몇 번 만나다보니 조금씩 대화가 통하게 되었고 친근감도 생겨났다.

아들은 나고야에서 새 일자리를 찾아, 명절이나 무슨 일이 있을 때는 아버지와 함께 식사도 하게 되었다.

그리고 조금 여유가 생기자 집을 구해 마침내 아버지와 함께 살게 되었다고 한다. 가족의 새로운 탄생이다. 아버지도 기뻐하는 눈치였다. 이 가족의 경우는, 아들이 먼저 아버지에 대해 알려고 했다. 그것이 아버지를 찾아 나서는 행동으로 이어졌고, 그렇게 찾은 아버지와 시간을 두고 대화를 나누다 함께 살자는 결론에 이르렀다.

오래전에 헤어져 얼굴조차 제대로 모르는 아버지와 아들이 서로의 마음을 고이고이 키워 가족으로 재탄생한 것이다. 그러니 마음이 우선하면 가족이라는 틀이 뒤따라온다 할 수 있다. 마음이 이어져 있지 않으면 가족이 아니다.

마음이 먼저 있고, 그다음 가족이라는 틀을 만들어가야 진정한 가족이라 할 수 있지 않을까. DNA 따위는 그렇게 중요하지 않다.

'내 집에서 죽고 싶다.'

이렇게 생각하는 사람들이 많다. 요즘은 내 침대에서 죽고 싶다고 해야 할까. 아무튼.

자기 집에서 가족들이 지켜보는 가운데 죽고 싶어하는 사람들이 많다. 그러나 실제로는 병원 침대에서 죽는 경우가 많다.

그렇다면 가족이 없는 사람은 어떤가. 마지막 가는 길을 지켜주는 가족 하나 없이, 아무도 모르게 홀로 숨을 거두는 사례가 적지 않다. 고령화가 진전되면서 독거노인이 증가했다. 도시에서는 아무도 모르게 죽어가는 예가 허다하다.

지방은 지역사회의 끈끈한 정이 아직은 남아 있기 때문에 누군가는 알아차린다. 집배원이나 신문 배달원이 배달을 하는 길에 말을 건네며 안부를 확인하기도 한다. 잘 있다는 표시로 노란 깃발을 현관에 내거는 지방도 있다.

얼마 전 지진이 발생했던 나가노 현의 하쿠바무라에서는 서로의 가족 구성원은 물론 누가 어디에서 자는지도 속속들이 파악하고 있었던 덕분에 지진 직후, 무너진 집 안에서 피해자를 구조할 수 있었다. 희생자는 한 명도 없었다.

고령화 사회에서 가족이란 혈연관계에 있는 사람이 아니라 지역사회의 이웃이 아닐까. 이웃이 있으면 외롭지도 않고 별다른 불편도 없다. 가족이란 무엇인지를 재삼 생각해봐야 할 시기가 도래했다고 생각한다.

혹자는 도시에서 홀로 살다가 죽어가는 사람들을 비참하다고 하는데, 과연 그럴까.

당사자는 혼자 사는 것을 마음껏 즐기고 자유롭게 살았을지도 모른다. 아무도 모르게 소리 없이 이 세상을 떠나는 것이 희망이었는지도 모른다.

누군가는 뒷수습을 해야 하니 세상에 누를 끼치게 될지도 모르나, 당사자가 만족한다면 그것으로 충분하다. 홀로 죽는 것은 각오한 일일 터다. 조금씩 먹는 것을 줄이다가 나중에는 물만 마시고, 마지막에는 물마저 마시지 않고 죽는 방식을 택하는 사람도 있다.

객사라 여겨지더라도, 각오하고 하는 일이라면 무방하지 않을까. 마음이 없는 가족이 지켜보는 가운데 죽는 것보다는 홀가분할지도 모르겠다.

어떻게 죽느냐 하는 것은 그 사람이 가진 삶의 방식이기도 하다. 그 사람답게 죽을 수 있다면 그런 방식도 괜찮다고 생각한다.

가족묘에 묻히지 않으려는 사람들이 늘고 있다

가족이 있다고 해서 반드시 행복하다고는 할 수 없다. 반대로 가족이 없어서 불행하냐 하면, 반드시 그렇지만도 않을 것이다. 내 친구와 지인 중에는 혼자 사는 사람들이 많다. 그들은 자신의 생활을 한껏 즐기는 요령을 알고 있다. 곤란한 일이 생기면 진심으로 의논 상대가 되어주는 친구도 있다.

아나운서 시절 후배 중에 지금은 복지 전문가로 활약하는 여자가 있다. 간사이 지방으로 전근했을 때 신뢰할 수 있는 친구들과 모임을 갖기 시작했고, 이어 열 명 정도가 함께 생활할 수 있는 장소를 마련했다. 지금도 그곳에는 전국 각지에서 많은 사람이 견학차 모여든다.

그녀는 현재 어머니와 둘이 도쿄에서 살고 있지만, 때때로 그곳에 가서 친구들을 만난다. 내게도 꼭 와보라고 하는데, 나 역시 새로운 가족의 형태를 생각하는 데 참고가 될 것 같아 찾아가보려고 한다.

지금까지의 노인 시설은 관리형이 많았다. 시스템이 관리자에게 유리하도록 돌아가기 때문에 개인의 자유는 좀처럼 주어지지 않는다. 마지막까지 일하면서 자기답게 살고자 하는 사람에게는 자유야말로 놓치고 싶지 않은 것인데 말이다.

같은 생각을 지닌 사람들이 모여 관리인을 모집하고, 생의 마지막 순간까지 서로를 존중하며 사는 새로운 형태의 가족을 시도하는 움직임이 일고 있다.

대학 시절의 친구는 주고쿠 지방에서 세 손가락 안에 드는 집안의 딸인데, 십 년 전 파트너가 세상을 뜬 후로는 자신의 삶은 스스로 꾸려간다는 신조하에 혼자 살고 있다. 지금은 아카사카의 아버지 소유였던 건물을 관리하는 일을 하고 있다. 그리고 그 건물에 마음 맞는 후배를 들여 마치 가족처럼 살고 있다.

그녀는 죽게 되면 신뢰하는 친구 몇 명과 같은 묘에 묻히기로 했다고 한다. 고향 돗토리에는 멋들어진 묘가 있고, 가문의 신사까지 있으며, 고향 집은 문화재로 등록돼 있어 관광객들이 들르는 장소인데도 말이다.

옛날에 그녀의 아버지가 살아 계실 때 나도 그곳을 한번 찾아간 적이 있다. 밤중에 화장실에 갔다가 방에 돌아오는데 길을 헤맸을 정도로 어마어마한 저택이었다.

마음 맞는 사람들끼리 가족을 형성한다. 마음이 통하는 사람과 같은 묘에 묻힌다. 그런 움직임이 보인다. 사이가 좋지도 않고 마음이 통하지도 않는 가족이 억지로 같은 묘에 묻히기보다는 훨씬 자연스러운 일이다.

화장한 재를 바다에 뿌려달라고 하거나 나무 둥치에 묻어달라는 등 사후 처리 방법도 다양해졌다. 화장이 되었든 뭐가 되었든 가족이 반드시 같은 묘에 들어가야 할 이유는 없다.

이를 봐서도 가족의 형태가 얼마나 많이 변했는지 알 수 있다. 죽어서까지 남편 집안의 묘에 묻혀 시어머니의 잔소리를 들을 필요는 없다. 죽은 며느리는 이제 참는 건 딱 질색이라고 생각할 것이다. 사후를 생각하면 가족이 어떤 모습으로 살아야 하는지가 분명해진다.

내 주위에도 조상 대대로 내려오는 묘에는 들어가지 않겠다, 남편과 같이 묻히고 싶지 않다, 하는 사람들이 많다. 살아 있을 때는 체면 따위를 고려해 참았지만, 죽어서까지 남편과 같이 있고 싶지 않다, 마음이 통하는 사람이나 자신의 부모님 곁에 있고 싶다, 하는 심정도 충분히 이해가 간다.

얼굴도 모르는 사람들과 같이 공동묘지에 묻히는 것은 사양하겠다는 뜻이다.

나 자신도 그렇다. 시모주 집안, 내 아버지와 어머니가 있는 묘가 반려 집안의 묘보다는 마음 편할 것 같다. 우리 오빠는 자기들만의 묘를 새로 만들었다.

집안에 관혼상제 등의 큰 행사가 있을 때는 가족이 모이기도 하지만, 이제는 그런 풍습도 점차 사라지고 있다. 가족 역시 점차 이름뿐인 것으로 변하고 있다.

가족의 붕괴는 마음의 소통이라는 가장 중요한 부분을 잃어가고 있는 증거일 것이다.

결혼은 하지 않더라도
타인과의 생활은 중요하다

일본 문필가들의 단체인 문예가협회 산하에는 작가들의 묘가 있다. 후지 산 자락에 있는데 묘비에 이름을 새겨주고, 원하면 가족까지 묻힐 수도 있다.

작가 중에도 남편 쪽 집안의 묘가 아니라, 이곳에 묻히고 싶어하는 사람들이 늘고 있다. 나도 협회의 일원이라서 이곳에 묻히고 싶은 바람은 있다.

그런데 요즘 그 수가 넘쳐 남은 자리가 없어져가고 있는 관계로 협회 내에서도 골치 아파하고 있다. 이것만 봐도, 집안 묘에 묻히고 싶어하지 않는 사람들이 얼마나 많은지 알 수 있다.

언젠가 뉴스에서 연고자가 아예 없는 묘와 방치된 묘를 정리했더니, 묘비를 버릴 곳이 마땅치 않을 정도로 많아 난감해하는 관리자의 모습을 본 적이 있다. 아무도 돌아보지 않는, 성묘조차 오지 않는 묘가 얼마나 많던지.

조상 대대로 내려오는 묘라고는 하나, 멀리까지 성묘를 가기에는 시간도 돈도 든다. 그러니 아무도 돌보지 않는 묘가 늘어나는 것은 어쩔 수 없는 일이다.

시모주 집안의 묘는 친척의 절 안에 있다. 분쿄 구 단고자카에 있는 고겐지라는 절이 바로 그곳이다. 나도 얼굴을 아는 조부모 대부터 모셔져 있다. 명절에는 사정이 허락하는 한 꽃다발을 들고 성묘를 하러 간다.

반려 집안의 묘는 다마 공원묘지에 있다. 유명인이나 일반인 할 것 없이 많은 사람이 묻힌 곳으로, 반려 집안 역시 조부모 대부터 그곳에 모셔져 있다. 원래는 지방에 있었는데, 도쿄로 이장한 것 같다. 묘지를 돌다보면 산소 주위를 꾸미고 있는 나무와 꽃, 묘비 등으로 가족이 찾아 돌보는지 아닌지 한눈에 알 수 있다. 방치되어 이끼가 낀 채로 이름도 모를 나무에 뒤덮여 있는 묘도 있다.

며칠 전 오랜만에 찾아가 보니, 까만 열매가 맺힌 이름 모를 나무가 크게 자라 있었다. 가지 하나를 꺾어 그 동네 꽃가게에 가서 이름을 물어보고 돌아왔다. 나 또한 일 년에 한 번은 성묘를 가고 싶은데, 그도 마음 같지 않을 때가 많다.

누구든 피붙이가 죽고 난 한동안은 성묘를 가지만 점차 발길이 멀어지고 만다. 그러다가 발길을 뚝 끊고 만다. 서글픈 일이지만, 이 또한 시대의 흐름이다. 가족이란 지금 살아 있는 사람에게 해당하는 것임을 알 수 있다. 적어도, 살아 있는 사람 중심이라고 생각지 않을 수 없다.

비정하다고 해서도 안 된다. 언제까지나 옛날의 가족 개념이 이어질 수는 없다. 시대에 따라 변화한다. 가족이 무엇인지를 정의하는 사고도, 그 형태도.

가족을 고정적인 어떤 관념으로 파악할 필요는 없다. 집이란 이런 것이라는 일정한 규정은 없다. 그곳에 사는 자신들이 유쾌하게 살 수 있도록 노력하는 수밖에 없다.

문제가 있고 스트레스의 원인이 되는 가족보다는 마음이 통하는 사람이 옆에 있느냐 없느냐가 중요하다.

내 가족은 현재 반려 하나뿐이다. 그 반려와 마음이 통하는지는, 솔직히 알 수 없다. 그러나 적어도 비슷한 가치관을 갖고 있고, 돈과 지위 등 이 세상의 거품 같은 것에 연연해하지 않는 담담한 성품은 마음에 든다.

주변을 돌아보아도 그런 남자가 쉬이 없다. 나는 무념무상이 신조인데, 반려에 비하면 현실적인 욕망이 강한 편인지도 모르겠다.

반려, 즉 파트너가 있다는 것은 내게는 참 고마운 일이다.

서로 의지하고 기대는 가족은 좋아하지 않지만, 함께 생활하는 상대가 있다는 것은 좋은 일이라고 생각한다. 반려와 살면서 피붙이가 아닌 타인과 함께 살아보는 것은 중요한 일이라고 생각하게 되었다.

특히 나처럼 부모에게 반발하면서 제멋대로 살아온 사람은 타인과의 생활에서 배우는 바가 여러 가지로 많다.

지금까지 전혀 몰랐던 사람과 같이 생활하게 되면 혼자 살 때처럼 모든 것을 제멋대로 할 수는 없다. 그날그날의 상대 기분과 밖에서 무슨 일이 있었는지 등등을 생각하고 또 배려하지 않을 수 없다. 내게도 상대의 심정을 헤아릴 수 있는 여유가 생겨 다행이라고 생각한다.

가족 앨범이
뜻하는 것

────────

야마다 다이치 원작, 각본의 '강변의 앨범'은 텔레비전 드라마의 명작으로 알려져 있다.

1974년, 다마 강의 제방이 무너져 집 열아홉 채가 붕괴되고 물에 떠내려간 사실을 바탕으로 제작된 드라마다. 평범한 중산층 가정에서 아내는 연하의 남자와 불륜에 빠져 있고, 남편은 동남아시아 여자를 매춘업소에 소개한다. 자식들도 각자 비밀을 품고 있다. 하지만 겉으로는 사이좋게 행동한다. 그런데 수 해로 가족 각자의 생활이 백일하에 드러나면서 평범했던 가정이 탁류에 휩쓸린다. 오프닝 뉴스 영상을 사용한 탁류 장면이 아직도 기억에 선명하게 남아 있다.

그 가족이 마지막 힘을 다해 집에서 꺼낸 것이 가족 앨범이었다니, 웃지 않을 수 없다. 앨범에는 다마 강 물가에서 애써 미소지으면서 찍은 사진도 들어 있었다.

식탁에 모여 앉은 가족들의 화목한 풍경으로 끝나는 천편일률적인 드라마들에 돌을 던진 인상 깊은 작품이었다.

'강변의 앨범'은 설령 붕괴되는 한이 있어도, 거짓으로 똘똘 뭉쳐 있는 한이 있어도, 의지할 곳은 가족밖에 없다는 점을 시사하고 있는 것일까. 아니면 이상적인 가족이란 건 앨범 속에만 있다는 것일까.

사람들은 과연 거짓으로 얼룩져 있어도 있는 힘을 다해 무너진 집에서 앨범을 꺼내려고 하는 존재일까.

나의 친정집은 1974년 그때 수해를 당한 다마 강 하류에 있다. 나도 그 무렵 친정집에 살았기 때문에 당시의 기억이 강렬하게 남아 있다. 그 드라마는 야마다 다이치의 손에서 빚어진 잔잔하면서도 끔찍한 작품이었다.

동일본대지진 후에도 쓰나미에 휩쓸린 해변을 서성이며 과거 자신의 집이 있던 자리에서 앨범을 찾는 사람들의 모습이 보도되곤 했다. 사람들이 꺼내려고 애썼지만 그러지 못해 가장 안타까워한 것은 위패, 그리고 앨범이었다고 한다.

우리는 자식이 태어나고 성장하는 과정을 사진에 담아 남긴다.

내 어린 시절에는 지금처럼 어느 가정에나 카메라가 있지 않았다. 그래서 옷을 단정하게 차려입고 사진관에 가서 가족사진을 찍었다.

친정집에도 중요한 때마다 찍은 가족사진이 있다. 내 생일, 오빠의 입학식 등등. 군복 차림의 아버지와 기모노를 입은 어머니, 훈장이 다닥다닥 붙어 있는 대례복大禮服에 깃털 달린 모자가 그 시대를 여실히 보여준다.

그 당시, 아버지의 가슴속에는 어떤 생각이 있었을까. 어머니는 또 무슨 생각을 했을까.

평소와 달리 격식 있게 잘 차려입은 가족사진이 나에게는 가족을 상징하는 사진이다.

전쟁이 끝난 후의 가족사진은 존재하지 않는다. 사진이나 찍고 있을 여유가 없었던 탓도 있지만, 아버지가 공직추방으로 실직했고, 오빠는 도쿄로 거처를 옮겼으며 나는 기숙사로 떠났기 때문이다. 가족이 다 모여 사진을 찍은 기억이 없다. 전쟁에서 패한 시점에 우리 가족은 뿔뿔이 흩어졌다.

전쟁 전과 전시 중에 찍은 우리 가족사진은 군인 가족이라는 허식 위에 성립한 것이다. 잡지와 텔레비전의 인터뷰나 취재에서, 옛날 가족사진을 요구하면 어쩔 수 없이 그 사진을 제공한 적도 있는데, 나로서는 영 떨떠름하다.

　나는 설령 재난을 당했다 해도 가족 앨범을 가장 먼저 꺼내려 애쓰지는 않으리라. 거기에 찍힌 우리 가족과 나 자신에게 별 미련이 없다. 그것은 과거사에 지나지 않으니 언제까지나 애지중지할 마음이 없다.

　직업상 나는 사진 찍힐 기회가 많은데, 소장하고 있는 자신의 사진은 의외로 적다. 그래서 '옛날 사진'을 요구하면 몹시 난감하다. 사진 속의 나는 과거의 나에 불과하고, 그런 사진을 바라보면서 과거를 그리워하고 싶은 마음이 그다지 없기 때문이다.

가족만큼
까다로운 것도 없다

아주 어렸을 때를 제외하면 우리 가족은 단란했던 적이 없다. 그런 기회가 와도 왠지 모르게 쑥스럽고, 단란한 가족이라는 뜨뜻미지근함 속에 젖어 있으면 기분이 영 찜찜했다.

아버지와 어머니, 그리고 오빠도 나를 귀여워해주었지만, 나는 어느 정도 나이가 들어서부터는 식사 자리에서 아버지와 마주 앉게 되면 얼른 일어나 내 방으로 가버렸다. 그러다 끝내는 가족 전부가 식탁에 모여 앉는 일조차 없어지고 말았다.

나의 병[※]도 연관이 있다. 초등학교 2, 3학년 때 폐문임파선염이라는 병을 앓아 학교를 쉬었고, 집에서도 나 혼자 방을 따로 썼다. 결핵성이라 전염의 위험이 있었기 때문이다.

피난을 떠나서도 전학한 학교에 거의 다니지 않았다. 집에 있는 탁구대를 침대 삼아 지내며 매일 체온표를 작성해야 했다. 친구도 없어 건너편 육군병원의 하얀 옷을 입은 병사와 얘기하는 정도였다. 그들도 증세는 가벼웠지만 결핵 환자였다. 하루건너 그 병원에서 군의관이 진료하러 와서 '야토코닌'이라는 정맥 주사를 놓아주고 갔다. 결핵에 특효약이 아직 없던 시절이었다.

친구라고는 피난 올 때, 책을 좋아하는 아버지가 가져온 장서(소설이 많았다)와 화집이었다. 그 책들을 한 페이지씩 넘기다 보면 조금도 따분하지 않았다.

그런 시기가 있었던 덕분에 나는 혼자 노는 데 익숙해졌다. 나 혼자만의 재미를 찾는 것에도 능숙해졌고, 망상과 공상을 하다보면 심심할 틈이 없었다.

가족들이 나에게 이렇게 해주었으면, 저렇게 해주었으면 하는 기대를 품은 적도 없다. 기대를 해봤자 그대로 되는 일은 없었고, 오히려 갈등이 생겨 서러워질 뿐이었다.

밖에서 놀고 싶은데, 또래 친구가 있었으면…… 하는 바람이야 있었지만 병을 앓고 있는 내게는 가당치 않은 일이었다. 체

념 비슷하게 나는 사람에게 기대하는 것을 그만두고 말았다.

그보다는 혼자 있는 편이 좋았다. 어린 나이에 이미 고독의 즐거움을 깨우친 바람에 나는 비록 가족이라 해도 각자가 개별적인 존재라는 것을 자각하지 않을 수 없었다.

나의 병은 패전과 함께 나은 것으로 기억한다. 하지만 학교로 돌아간 뒤에도 혼자 있는 버릇은 오래도록 지속되었다.

아버지와 말다툼이 벌어지면, 옆에서 무슨 일이든 허용하는 어머니가 답답해서 자신의 세계에 틀어박히는 쪽이 속 편하다는 것을 새삼스럽게 깨닫곤 했다.

가족에게 기대를 하지 않았기 때문에 가족이 내게 기대를 하면 부담스러웠다. 그들이 기대하는 학교에 들어가고 성적을 따는 정도는 그럭저럭 가능했지만, 아버지와 어머니를 위해 열심히 한 것은 아니었다.

앞으로 내가 원하는 길로 나아가고, 스스로 살아가야 한다고 생각했기 때문이다. 특히 경제적인 자립은 필수였다. 이것이 먼저 해결되지 않으면 아무 소용이 없었다.

나의 생활과 사고를 분명하게 자각하자, 어머니에게도 동등하게 맞설 수 있게 되었다. 그녀의 교육방식과 사고방식을 오히려 용납할 수 있게 되었다.

가족도 각 개인이 모인 집단이다. 부모와 형제의 집단이 아니다. 사람들은 자기 가족이라고 생각하기 때문에 더욱 기대하는 것이다. 그래서 스트레스가 쌓이는가 하면 터무니없는 어리광도 부리게 된다.

가족 사이에는 산들산들 미풍이 불게 하는 것이 좋다. 상대가 보이지 않을 만큼 지나치게 밀착하거나 사이가 너무 벌어져 소원해지면 가족만큼 까다로운 것도 없다.

고독을 견디지 못하면 가족을 이해할 수 없다.

혼자임을 즐길 수 없으면 가족이 있어도 고독은 즐길 수 없을 것이다.

인간은 늘 혼자라는 것을 인식하고, 고독을 즐길 수 있어야 비로소 상대의 기분을 가늠하고 이해할 수 있다. 가족이나 사회 사람들이나 마찬가지다.

가족은 사회의 축소판이 아닌가.

그녀는 어머니의 다른 면을 처음 발견하고서,
새삼스럽게 어머니에 대해 아무것도 몰랐으며
알려 하지도 않았다는 것을 깨달았다.

제3장

가족을 알다

늙은 부모를 보살피면서
마침내 이해하는
부모와 자식

NHK 문화센터에서 한 달에 한 번 에세이 강의를 한 지 이십 년이 되었다. 수강자는 젊은이에서 고령자까지 연령층이 다양하다. 야마가타의 쓰루오카, 닛코, 하마나 호수 언저리 등 멀리에서 다니는 사람도 있다. 하는 일도 다양하고, 살아온 내력도 제각각이라 내가 도리어 많이 배운다.

수강생 중에 과거 시장의 비서로 일하다 퇴직한 후, 노인 문제를 다루는 여자가 있다. 그녀는 사람이 사람답게 인생의 마지막까지 살 수 있도록 돕고 있다.

그녀 자신도 백 살이 된 어머니가 있어, 시간이 허락되는 한 친정을 드나들며 어머니를 뵙고 있단다. 어머니는 하치오지의 친정집에서 동생 부부와 함께 살고 있다. 기관에서 나오는 요양사의 도움도 간혹 받지만, 동생 부부 덕분에 당신이 가장 정든 환경에서 생활할 수 있는 것이다. 그런 의미에서 그 어머니는 행복하다 할 수 있겠지만, 정신적인 보살핌은 다른 사람이 할 수 없다. 그나마 그녀가 한 달에 몇 번씩 친정집에 가서 말상대가 되어주어 그런대로 안정을 유지하고 있다. 다소 기억력이 감퇴했지만, 줄곧 같은 환경에서 지내는데다 얘기를 나눌 사람도 있어 비교적 건강할 수 있는 것이리라.

그런데 그녀의 어머니는 남에게 베푸는 것이 삶의 보람이란다. 이웃집 토종닭이 낳은 달걀을 친구와 지인들에게 보내주곤 한다. "친정집에 다녀왔어요" 할 때마다 내게도 달걀이 배달된다. 탱글탱글한 오렌지색 노른자를 보면, 얼른 뜨끈한 밥에 얹어 비벼 먹고 싶어진다.

흙에서 마음대로 뛰어다니는 토종닭이 낳은 달걀이라 그 맛이 그만이다. 슬슬 없어지겠다 싶으면 또 배달된다. 그러면 '아, 또 어머니에게 다녀왔나보네' 하고 알게 된다. 어머니가 누리는 삶의 보람을 빼앗을 수는 없으니, 그녀는 달걀 꾸리는 일을 거들면서 어머니 얘기를 들어준다. 기억의 끈을 잡아당기다보면 한 가지씩 옛 장면이 되살아나는지 어머니는 말씀이 많아진다.

이렇게 대화를 이어가는 것은 정신적으로나 육체적으로나 매우 중요하다.

우리 어머니 또한 돈이 없어도 남에게 물건을 보내고, 또 밥을 해주는 것을 좋아하는 사람이었다. 그것은 그녀에게 남은 커뮤니케이션 수단이었으니, 내가 뭐라고 타박할 일이 아니었다. 때로 불평하면 어머니는 슬픈 표정을 지었다. 좀 더 얘기를 들어줬어야 하는데, 하고 생각하지만 때는 늦어 여든한 살에 돌아가시고 말았다. 누구보다 얘기하는 것을 좋아하는 사람이었는데 말이 없고 퉁명한 딸을 상대하면서 무척 섭섭하지 않았을까 싶다.

에세이 교실에 다니는 그녀 역시 시장 비서 시절에는 어머니의 얘기를 들어줄 여유가 없었단다. 어머니를 뵙기 위해 친정집에 가는 일도 녹록지 않아, 얼굴만 보고는 돌아온 일도 많았다. 그런 그녀도 어머니가 백 살이 되어 노쇠하고, 한 달에 몇 번 오는 그녀를 애타게 기다린다는 것을 느끼고는 대화를 나누려고 애쓰게 되었다.

팔십 대까지는 당신 스스로 무엇이든 할 수 있었기 때문에 얘기하는 일도 거의 없었는데, 그 무렵에 돌아가셨다면 결국 어머니와 느긋하게 얘기할 기회는 없었을 것이다. 노쇠한 어머니를 보살펴야 하는 상황이 되면서 한 달에 몇 번 친정을 오가기 시작한 뒤에야 비로소 어머니의 얘기에 귀를 기울이게 됐던 것이다. 요즘은 어머니가 이런 생각을 가진 이런 성격의 사람이었나, 하고 깨닫는 일이 아주 많단다.

얼마 전 그녀가 깜짝 놀란 일이 있었다. 어머니가 좋아하는 음식이 사실은 무엇이었는지 새삼 깨닫게 된 것이다. 그녀는 오래도록 생선회 등 신선한 생선을 좋아한다 여기고 친정을 찾을 때마다 일부러 사갔다. 그런데 어머니가 좋아하는 음식이 '장어구이'라는 것을 알게 되었다. 아주 최근의 일이다. 그 후로 맛있다는 가게의 장어구이를 사 가지고 가면 반가워하며 잘 드신다고 한다.

옛날 사람이라서 생선을 좋아할 것으로만 여겼는데, 착각이었던 것이다. 게다가 자세히 들여다보니 생선요리보다는 비프스테이크 등의 고기 요리를 즐겨 드시더란다.

나이가 들면 담백한 생선이나 채소를 좋아할 것으로 생각하는 경향이 있는데 사실 건강하게 장수하는 사람 중에는 고기를 좋아하는 사람이 많다.

히노하라 시게아키 선생님(성 누가 국제병원 명예원장)은 백세살인데, 지금도 여전히 현역으로 일하며 취미 생활도 즐기고 있다. 그런데 그분도 일주일에 한 번은 비프스테이크를 먹는다

고 한다. 소설가 세토우치 자쿠초 씨 역시 고기를 좋아한다고
한다.

 "사람은 저마다 다른데, 저는 어머니에게 매뉴얼을 강요했나
봐요."

 그녀가 이렇게 말한다. 나이를 먹으면 그 사람의 성격이 여
실히 드러나, 이전과 다르다고 생각하게 되지만 실은 더욱 그
사람다워지는 것이라고. 노인을 보살필 때도 고정관념으로 판
단할 일이 아니라 그 사람에게 맞는 것을 이끌어내는 것이 중
요하다고 말이다.

 그녀는 이와테 현에 있는 시설에 한 달에 몇 번 다니는데, 그
곳에서는 그 중요한 사항을 실천하고 있단다.

 나도 나이를 먹으면 개성이 더 강해진다고 늘 얘기하고 있
다. 시간도 돈도 체력도 줄어들어, 하고 싶은 일과 해야 할 일에
집중하기 때문이다. 그러니 사람은 나이를 한 살씩 더 먹을 때
마다 그 사람다워진다고 할 수 있을 것이다.

부모는 병들었을 때에야,
가장 약한 모습을 보인다

사람은 관 뚜껑이 덮일 때, 가장 그 사람다울 수 있다면 좋겠다고 바란다.

그러기 위해서는 죽음을 앞둔 노인을 돌보면서 그 사람의 개성과 인격을 존중할 수 있어야 하는데, 현실은 그렇지 못하다. 고령자를 관리하는 입장에서는 똑같은 오락과 똑같은 식사를 일률적으로 제공하는 것이 간편하고 돈도 덜 들기 때문이다.

노년층을 위한 시설 대부분은 입주한 사람들의 편의보다는 시설을 운영하는 경영자와 실무를 담당하는 직원들이 관리하기 편하게 돌아간다.

요양 시설이나 노인 의료기관에서 일하는 사람들의 노동 조건은 그렇게 좋지 않다. 그마저 열악해지고 있는 실정이다. 이런 상황이니 개개인을 위한 맞춤 서비스를 기대하기란 어렵다.

지인이 이런 말을 한 적이 있다.

"부모가 병이 들어 간호가 필요해질 때야말로 가족이 서로를 가장 잘 이해하게 되는 순간 같아요. 그런 때가 오면 어쩔 수 없이 현실을 직시하고, 서로를 이해하기 위해 대화를 시작하지 않을까요."

그럴지도 모르겠다. 피차가 건강하고 분주하게 움직이는 동안에는, 상대를 군이 이해하려 애쓰지 않는다. 자식에게는 자식의 생활이 있으며, 새로운 가족도 생긴다. 육아와 교육에 쫓겨 부모까지는 미처 돌아보지 못한다. 그러다 부모 자식 간에 깊은 골이 생기고 만다.

주위를 돌아보면 치매에 걸리거나 자리 보존한 부모를 보살피며 힘겨워하는 사람들의 사연이 많다. 생활상의 자잘한 문제는 전문가에게 맡길 수 있지만, 정신적인 면은 가족이 담당할 수밖에 없다.

그것을 힘들고 괴로운 일로 받아들일 것인가, 부모를 이해할 기회로 파악할 것인가. 그녀 말에 따르면 부모는 약한 입장에 놓여야 비로소 본래 모습을 드러낸다고 한다.

부모는 부모라는 역할과 입장 때문에 참모습을 잘 보이려 하지 않는다. 건강할 동안에는 약한 모습을 보이지 않으려 애쓰는 것이다. 그런 것을 곧이곧대로 받아들이면 부모의 참모습을 끝내 알지 못한다. 자식은 성장해서 부모를 떠나고, 또 부모를 넘어서는 것이 당연한 일이니, 부모는 자식들에게 솔직한 태도를 보이기가 어려워진다. 자식들 역시 새로운 자기 생활에 벅차, 가족이 가족으로서 서로 협력하고 돕는 일이 점차 없어진다.

과거의 대가족처럼 전부 모여 살면 상대를 배려하는 마음도 있을지 모르겠으나, 핵가족으로 가족이 단출해진 현대에는 형태뿐인 가족, 부모, 형제가 되고 만다. 서로를 이해하는 기회가 영원히 상실된 것이다. 그래서 부모를 보살피고 병 수발을 하는 상황이, 가족 간에 대화를 재개하고 서로를 이해하는 절호의 기회일 수도 있을 것 같다.

백 살에 돌아가신 우리 시어머니는, 내가 문병을 가면 친정과 시댁 사이에 끼어 고생스러웠던 젊은 시절과 여학교 시절 얘기를 풀어놓곤 하셨다. 잇달아 질문을 하면 엉킨 실타래가 풀리듯 기억이 술술 되살아나는 듯했다.

누구든 상대가 자신을 알아주었으면 하고 바란다. 내가 할 수 있는 일은 그 얘기를 진지하게 들어주는 것이었다.

가족은 왜
배타적인가

설날과 추석. 명절 때면 반드시 뉴스에 보도되는 것이 있다. 귀성 차량으로 정체된 도로 상황이다. 고속도로에 줄지은 차량의 행렬, 백 퍼센트를 초과하는 고속열차의 승차율. 한 손에는 어린아이의 손을 잡고, 다른 한 손에는 캐리어를 끌고 있는 부모들.

"겨울방학에 가장 하고 싶은 일은?"

리포터가 내미는 마이크에 아이들은 이렇게 대답한다.

"시골에 가서 할머니 할아버지를 만나고 싶어요."

"떡을 찧고 눈사람을 만들고 싶어요."

부모들도 흐뭇하게 웃는 얼굴로 대답한다.

"부모님께 아이들이 큰 모습을 보여드리고 싶어서요."

"세뱃돈을 받으니까 좋죠."

등장하는 가족들은 모두 선량해 보인다.

텔레비전 속의 가족은 선량하지 않으면 안 된다. 우리는 하루가 멀다고 이런 정형화된 화면을 보고 있다.

오랜만에 고향에 내려가는 즐거움, 부모님을 뵙고, 아이들에게 시골을 보여주고 싶어하는 기분이야 충분히 알겠지만, 시골이 없는 아이들에게는 과연 어떻게 비칠까.

저렇게 혼잡한데 참 용케도 이동하네, 하고 나는 생각하는데 영상 속의 가족은 즐겁다 못해 자랑스럽기까지 한 표정이다.

사람은 보통 사람이 많이 모인 혼잡함 속에 있고 싶어한다고 하는데, 수많은 가족 사이에 있으면 남들처럼 잘 살고 있다고 안심하게 되어서 그런 것일까.

그렇다면 가족이 없는 사람은 어떻게 해야 하나. 독신으로 사는 친구 하나는 이렇게 말한다.

"설날이나 추석만큼 우울한 때도 없어. 어디를 가나 가족, 가족. 혼자 사는 사람은 갈 데가 없다니까. 그냥 가만히 있으면 비참해지니까, 외국으로 패키지여행이라도 가는 수밖에 없어."

그런데 요즘은 그 여행조차도 가족 단위의 여행객이 차지해

버려, 더더욱 있을 곳이 없어졌다고 한다.

도심의 호텔에서 느긋하게 지내고 싶어도, 뷔페 메뉴에서 이벤트까지 모두 가족을 위한 내용으로 구성돼 있어 어쩔 수 없이 혼자라는 사실을 의식하게 된다.

연말의 가족 풍경 하면, 거실에 모여 앉아 귤을 까먹으면서 연말 가요대전을 보는 것이 일반적이다.

그런데 그녀는 이렇게 말한다.

"그 장면을 상상만 해도 머리가 지끈거려. 끔찍해."

나 역시 그렇게 좋아하지 않는다. '가족끼리'라는 편안함 속에 있는 느슨함이 싫다.

방송국에서 일하던 시절, 연말연시에는 늘 바쁜 일에 쫓겼다. 생방송이 많기 때문에 한가하다는 것은 인기가 없다는 증거이기도 했다. 초사흘이 지나서야 겨우 아버지 어머니 얼굴을 볼 수 있었다.

그게 습관이 되고 말아, 지금도 연말연시라고 해서 특별히 일을 쉬지는 않는다. 남들이 바쁘게 일할 때는 해외여행을 하든 아무튼 신나게 놀고, 남들이 놀 때 바쁘게 일하는 것을 좋아한다.

한 해가 저물고 해가 바뀐 날 아침, 도쿄의 하늘은 맑고 아름답다. 근처에 있는 절을 찾아 설 참배를 드리고 나면 집에서 차분하게 원고를 쓴다.

그렇다고 아무 의례도 치르지 않는 것은 아니다. 설 사흘 동안의 아침에는 단둘이지만, 나와 반려는 반드시 기모노를 입고 음복을 하며 새해를 축하한다. 아파트 문 앞에는 소나무 줄기를 세우고, 반려는 설음식도 준비한다.

설 당일에는 텔레비전에서 생중계하는 빈 필하모니 오케스트라의 신년 콘서트를 꼭 본다. 설 연휴를 그렇게 차분하게 보내는 것이 우리 부부에게는 가장 잘 맞는다.

지인이 찾아오는 경우는 있다. 하지만 조용하게 한때를 보내는 것이 중요하기 때문에 외출은 하지 않는다.

요컨대 내가 하고 싶은 말은, 다른 가족이나 세상의 관례에 맞추기보다는 자신의 가족 구성을 고려해서 행사를 기획하는 게 좋다는 것이다.

과거에는 지방마다 고유의 행사가 있었다. 마을 사람들이 지방신과 동네신에게 술과 음식을 바치고, 매일 교대로 불을 피우러 갔다. 사자춤을 추는 춤꾼들도 오는 등, 설날 분위기를 띄우는 다양한 행사가 존재했다. 그러나 지금은 어느 마을이나 고령화로 젊은이들의 모습을 찾아보기가 어렵다. 축제와 행사에 참가하는 젊은이들이 없어진 것이다.

도시에서 살다가 대가족이 모여 사는, 백 년이 넘은 집으로 내려간 친구가 있다. 부부와 자식 둘, 할아버지와 누나가 같이 산다. 하지만 그 마을에는 사십 대인 그 말고는 일할 수 있는 인력이 없다. 그렇다보니, 무슨 일이 있다 싶으면 반드시 지역 모임에 불려 나간다. 마을 청소를 하고 쌓인 눈을 치우고, 잡초를 베는 등의 공동작업과 예로부터 내려오는 지역 행사에 꼭 참가해야만 한다.

병원에서 일했던 그는 고향으로 내려간 것이 과연 잘한 일인지, 생각하게 된단다.

핵가족이라는 말이 보편화된 지 오래다. 고향으로 내려간 소수의 사람은 풍습이라는 무거운 현실과 맞닥뜨리고는 힘이 쭉 빠진다. 생활의 근본이 되는 일터도 좀처럼 찾기가 어렵고, 마을 분위기 자체도 낙향한 사람들을 수용하는 자세가 갖춰져 있지 않다.

"참 대단하네."

내가 그렇게 말할 때마다 그는 복잡한 표정을 짓는다.

가족이란 무엇인지, 개인의 삶과 가족은 상반되는 것인지. 때로는 가족이 개인의 삶을 가로막을 수도 있다.

무턱대고 가족 지상주의를 외칠 수도 없는 마당인데, 쇼후쿠테이 쓰루베 씨가 사회를 맡은 여행 프로그램 '가족에게 건배'

나 요즘의 드라마 등에서는 여전히 가족에 대한 동경을 그리고 있다.

국가도 나서서 가족을 예찬한다. 전시 중에 그랬던 것처럼, 가족이 화목하고 단합이 잘되면 통치하기가 쉽다. '내 고장 살리기' 캠페인은 다름 아닌, 관리하기 쉬운 가족을 각지에 만들자는 운동이다. 그런 의미에서 가족은 작은 국가라 할 수 있다.

그렇다면 작은 국가인 가족은 다른 가족에게 배타적으로 행동할 수밖에 없는지도 모른다. 한 국가가 자기 나라를 지키기 위해 다른 나라와 전쟁을 치르는 것처럼, 가족 역시 그들끼리의 평화와 안녕을 지키기 위해서는 배타적으로, 자기 가족만 좋으면 된다는 방향으로 행동하게 되는게 아닐까.

가족이라는 이름의
폭력

　　　　　전철 안에서 외출하는 가족을 자주 본
다. 아버지, 어머니, 그리고 두 자식이 있는 가족이었다고 치자.
부부일 경우에는 그나마 나은데, 아버지와 자식이거나 어머니
와 자식일 경우에는 정말 꼴사납다. 부모는 자신의 자식만을
챙기려 한다.

　자리가 비면 얼른 "애야, 이리 와. 자리 비었어" 하며 앉히려
고 한다. 어린아이를 안고 있는 엄마라면 몰라도, 기운찬 아이
들을 군이 앉힐 필요는 없다. 자기 두 발로 서 있게 하고, 노인
이나 몸이 불편한 사람이 있으면 자리를 양보하게 하는 예절
교육이 필요하다.

최근에는 나도 젊은이로부터 자리를 양보받는 일이 많아졌
는데, 어린아이들은 오히려 그런 일이 없다. 친구끼리 경로석
에 앉아 떠들썩하게 구는 등, 주위에 조금도 관심을 보이지 않
는 어린아이가 많다.

뉴욕에 사는 친구 집에 머물렀을 때다. 외출할 때마다 버스
에서 사람들이 자리를 양보해주었다. 나는 그즈음 육십 대였을
텐데, 여자라고 해서 양보한 것이리라.

공공장소에서의 예절은 그 나라의 성숙도를 나타낸다. 가족
이라도 자신들의 세계만 주장하지 말고, 사회의 일원으로 성숙
했으면 좋겠다.

비행기에서 있었던 잊지 못할 광경도 있다.

지방에서 도쿄로 올라올 때, 팔십 대 정도로 보이는 노인이
내 앞자리에 앉았다. 처음 비행기를 타는 것 같았다. 그의 온몸
에서 기대감과 긴장감이 느껴졌다. 그는 창가 자리에 앉아, 창
밖을 내다보고 있었다.

하늘이 붉게 물들면서 노을이 지기 시작했다.

갑자기 시끌시끌한 소리와 함께 한 가족이 들어와 노인의 옆
자리에 앉았다. 아이가 어머니에게 말했다.

"엄마, 나 창가에 가고 싶어. 바깥이 안 보이잖아!"

"그러게. 자리를 좀 바꿔주면 좋겠는데."

그 뻔뻔한 말투에 노인은 못내 자리를 바꿔주었다.

나는 알고 있었다. 그 노인이 처음 타는 비행기에서 내다보는 창밖 경치에 얼마나 큰 기대를 하고 있었을지. 하마터면 큰 소리를 지를 뻔했다.

간신히 참았지만, 가족이라는 이름의 폭력에 화가 나서 견딜 수가 없었다.

가족에게 폐를 끼치는
기쁨도 있다

지난여름에 숙모가 돌아가셨다. 향년 92세. 쇼난의 쓰지도에 있는 노인 아파트에서 혼자 살았었다.

숙모는 나와 혈연관계는 아니다. 어머니 남동생의 부인으로, 삼촌은 십 년 전에 돌아가셨다. 두 사람 사이에는 아이가 없었다. 낳지 않았는지도 모르겠다.

삼촌은 사회복지 전문가였다. 일본 사회사업 대학의 명예교수였고, 사회사업과 불교사에 관한 저술도 많다. 삼촌은 죽음에 이르는 순간에도 집에서 일하다가 새벽에 숨을 거뒀다. 학자로서는 완벽하게 죽었다고 할 수 있을까. 당시 나이 아흔한 살이었다. 지바에 있는 불교계 대학인 슈큐토쿠 대학에는 그를 추모하기 위한 학문의 비와 뼈를 묻은 묘가 있다.

삼촌의 권유도 있어 숙모는 대학을 졸업하고 출판사에 취직해 편집자를 거쳐 별책 담당 편집장으로 일했다. 농업 문제와 여성 문제에 대해 강연을 하기도 했다.

내 입으로 말하기는 뭐하지만, 능력도 있고 이국적인 외모의 미인이었다. 자립적으로 일하는 여성의 선구자 같은 사람인데다 멋쟁이였다. 나이를 먹어서도 그 아름다움을 잃지 않아, 내게는 선망의 존재였다.

그녀는 양녀였기 때문에, 도쿄에 있는 아버지 땅에 집을 따로 지어 삼촌과 둘이 살았다. 삼촌이 돌아가신 후에는 뒷수습하는 것도 큰일이었다. 조에쓰 지방 지주의 장남이었던 삼촌은 집과 삼림과 논밭 등 물려받은 재산이 많았다. 이것을 어떻게 처분할지 생각하는 것도 일이었다.

도쿄에서 학자로 살면서 삼촌과 숙모는 할머니가 살아 계실 때는 주말마다 조에쓰로 내려갔지만, 뒤를 이을 자식이 없었다. 둘째 삼촌은 센다이에서 의사로 일하고, 그 부인은 여자대학에서 교수로 일하고 있었지만, 그들도 자식 둘을 모두 병으로 잃고 말았다.

혈연으로 따지자면, 조에쓰 집과 핏줄이 닿는 사람은 조카인

나밖에 없는 셈이었다. 하지만 나는 이미 나 자신의 길을 걷고 있었으니 도쿄에서 일할 수밖에 없었다. 결국 니가타의 집을 지켜줄 후손은 아무도 없었다.

지은 지 이백 년이 넘는 설국의 집은, 여름이 오면 삼촌이 피서 삼아 찾아가곤 할 뿐 거의 비어 있었다. 불단을 모신 방은 세 평이나 되고, 나무 기둥은 한 아름이나 된다. 너른 광까지 있는 집에 사는 사람이 하나도 없었다.

숙모는 당신이 돌아가시기 전에 일단 정리를 시작했는데, 말로 다 할 수 없으리만큼 힘들었던 것 같다. 전문가의 손을 빌리기는 했지만, 오래된 집의 기록 따위는 뭐가 뭔지 알 수 없는 것도 많았고, 폭설이 내리는데다 인구도 많지 않은 곳이라 토지와 삼림을 그 지역에 기부하려 해도 오히려 돈을 물어야 했다.

이웃집이 조부모 대부터 그 집을 관리하고 있었기 때문에, 숙모는 자신이 죽은 후에도 이웃이 그 집을 사용할 수 있도록 말해놓은 것 같다.

정말이지 힘겨웠을 것이다. 그런 작업도 얼추 마무리되고, 도쿄의 집도 처분한 후 숙모는 노인 아파트로 들어갔다.

병원 시설이 있는 곳이라, 평소에는 자유롭게 생활하다가 몸이 불편해지거나 병을 앓게 되면 병원으로 옮길 수도 있었다.

10층에 있는 숙모 방은 전망도 좋았고, 넓이도 생활하기에 불편이 없었다.

설비가 완벽한 식당도 있었지만, 평생을 일해온 사람이니만큼 보통 사람들과 섞이기가 어려워, 방에서 먹는 일이 많았다. 그 아파트에서 친했던 사람은 관리인 중의 한 명, 입주자 중의 한 명, 그 둘이 전부였다.

하지만 정말 다부진 사람이었다.

자신에게도 남에게도 엄격했다. 나도 몇 번이나 혼이 났는지 모른다. 책이 출판되어 보내면, 그럴 때마다 날카로운 비평을 꺼리지 않았다. 그리고 시간이 걸리고 소박하더라도 '필생의 역작'에 착수하라고 하니, 나는 뭐라 되받을 말이 없었다. 전직이 편집자인지라 기모노를 입고 찍은 사진을 보고는 기모노 입는 예법까지 일일이 지적했다.

아흔이 넘어서도 머리가 맑아 정치와 사회에 대해 정확한 비판도 하는 터라 그 모습을 보고 있노라면 '허 참' 하고 기가 죽었다.

몸이 불편하다는 얘기를 듣고서 문병이라도 가겠다고 하자, 오지 않아도 된다며 번번이 거절해서 기껏해야 전화로 안부를 여쭙곤 했다.

작년 여름, 숙모가 식욕이 없어 물밖에 마시지 못한다는 말을 들었다. 그즈음 숙모의 노인 아파트 근처에 살면서 세심하게 마음을 써주는 삼촌의 제자로부터 실은 암이 말기에 가까워 남은 날이 그리 많지 않다는 내용의 전화가 걸려 왔다.

암이라는 말은 이미 들어 알고 있었지만, 전화상으로는 늘 목소리가 건강하게 들려 상태가 그렇게 심각한 줄은 꿈에도 몰랐던 터라 헐레벌떡 달려갔다.

숙모는 침대에 누워 있기는 해도 말하는 목소리는 또렷했다. 진통제를 맞고 있다고는 하지만, 물밖에 마시지 못한다는 사람 치고는 그리 쇠약해 보이지도 않았다.

숙모는 내게는 이렇게 해달라 저렇게 해달라는 부탁을 거의 하지 않았지만, 삼촌의 제자 부부에게는 몇 가지를 부탁했다. 그들이 숙모를 차에 태워 벚꽃놀이에 데려가고, 쇼난의 바다, 그리고 조에쓰의 집까지 먼 길을 오고 가게 도와주었다.

기분이 묘했다. 어째서 숙모는 내게는 아무 부탁도 하지 않고 기대려 하지도 않는 것일까.

"참 숙모도, 어리광 부릴 줄을 모른다니까."

전화로 이렇게 말하면 그녀는 늘 웃기만 했다. 내가 듬직하지 못했던 것일까, 아니면 일 때문에 바쁘다고 신경을 써준 것일까. 그녀에게 가장 가까운 친척은 나밖에 없었는데. 비록 혈연은 아니어도, 내가 그녀의 인생을 존경했던 여자인 만큼 섭섭함이 컸다.

가족이
소멸하고 있다

우리 어머니도 그랬다. 늘 나를 걱정하면서도 정작 당신은 "네게 폐가 되고 싶지 않다" 하는 것이 말버릇이었다.

아버지가 돌아가신 후에도 친정집에 그대로 혼자 살면서, 도쿄의 우리 집에 오면 "자고 가지 그래요" 하고 붙잡아도 꼭 돌아갔다. 내가 할 수 있는 유일한 효도는 매일 밤 아홉 시에서 열 시 사이에 전화를 걸어, 잘 계신지를 확인하는 것뿐이었다. 그래도 그 효도만은 지방에 가든 외국에 나가든 계속했다.

심장도 좋지 않고 고혈압도 있었다. 마지막에는 뇌경색으로 의식을 잃고서 일주일 만에 돌아가셨다. 실로 어이없이, 손을 쓸 새도 없었다.

'폐가 되고 싶지 않다' 하던 말 그대로, 병 수발조차 할 틈이 없었다.

그래서 나는 늙은 부모의 병 수발을 하는 수고를 경험한 적이 없으니, 아쉬움이 적지 않다.

왜 내 주변 사람들은 내게 폐가 되고 싶지 않다면서, 말 그대로 그렇게 급하게 떠나가는 것일까.

숙모도, 좀 더 자주 찾아뵙고 싶었다. 내게 억지라도 부렸으면 싶었다. 내가 의지가 되지 않았던 걸까, 하고 자신을 책망하기도 했다. 나는 가족이라는 역할을 할 수 없는 사람인 것일까.

숙모는 '나는 아마 9월에 죽을 게다' 하고 말씀하셨는데, 급속하게 병약해져 내가 마지막 문병을 하고 난 일주일 후인, 8월 19일에 돌아가셨다. 그녀가 살던 노인 아파트에는 부속 병원도 있었지만, 입원을 거부하고 당신이 바라던 대로 당신 방에서 돌아가셨다.

그 노인 아파트에서도 이렇게 자기 방에서 숨을 거둔 사례는 처음이었다고 한다. 숙모가 늘 마음에 들어했던 관리인 한 명이 마지막 가는 길을 지켰다. 그녀는 끝까지 자립한 여성이었던 숙모의 삶을 존중해주었다. 세세하게 기록한 유언이 남아 있었다. 노인 아파트 근처에 사는 삼촌 제자 부부와 그 밖의 친분이 돈독한 제자들, 그리고 나와 나의 반려가 모여 유언에 따라 조용히 장례를 치렀다.

장례식 날은 슈퍼 문이라 불리는 둥그런 달이 지구에 다가온 날이었다. 그 환하게 빛나는 둥그런 보름달을 올려다보면서, 숙모는 어쩌면 달나라의 선녀가 아니었을까, 하고 문득 생각했다.

『다케토리 이야기』에는 황제의 명령에 따라 무사들이 그 옆을 지켰건만, 환한 보름달이 뜬 밤 달나라로 돌아가는 가구야 선녀가 등장한다. 무사들은 속수무책으로 망연히 서 있을 뿐이다. 숙모 역시, 삼촌이 맞으러 왔을지도 모르겠다.

유언에 따라 슈쿠토쿠 대학의 삼촌 묘에 뼈를 나눠 묻고, 제자들과 뜻을 모아 가을이 어언 끝나갈 무렵 조에쓰에 뼈를 묻었다. 삼촌이 심은 서른 그루의 벚나무가 있는 마당 한쪽이다.

할아버지가 돌아가신 후, 농지 개혁이 단행되었다. 매일 밤 새끼를 꼬아 번 돈을 마을에 기부하고 부모 없는 아이들을 위해 기금을 조성했던 할머니의 뜻을 받들어, 사회사업에 평생을 바친 삼촌. 젊은 시절 그의 제자로 자립한 여성의 길을 걸었던 숙모. 내가 존경해 마지않는 두 사람은 이제 이 세상에 없다.

동쪽으로는 신에쓰 지방과의 경계가 보이고, 저 멀리 서쪽으로는 묘코 산의 줄지은 산봉우리들이 보이는 곳. 그 눈이 많이 내리는 고장에서 한때를 풍미했던 두 집, '윗집'도 '아랫집'도 이제는 숨을 다했다. '아랫집'은 후손이 없고, '윗집'의 노부부는 나가오카에 사는 아들 집으로 옮겨 갔다. 불단을 모신, 격자무늬 천장에 화려한 그림이 그려져 있던 건물은 해체되었고, 나무 기둥은 목재로 팔려 나갔다.

"이 집안도 이제 끝이야."

숙모가 살아 계실 때 그렇게 말한 적이 있다. 자연스러운 흐름인지도 모르겠다. 우리나라의 가족 구성은 지금도 변화하고 있다. 지적인 가족일수록 그 변화의 경향이 강한 게 아닐까 하는 생각이 든다.

가장 가깝고도 먼 존재가
가족

있어야 마땅한 것, 없어보지 않고는 모르는 것, 공기 같은 존재가 가족이다.

"가족에 대해서 아느냐?" 하는 나의 질문에 많은 사람은 '왜 그런 것을 묻느냐' 하는 표정을 지었다.

그러나 거듭 가족이 무슨 생각을 했는지, 또는 무슨 생각을 하고 있는지를 물어보면, 이내 대답하지 못하는 사람들이 대부분이었다.

생각할 필요가 없는 것이 가족이며, 가정은 무엇이든 허용되는 공간이니, 새삼스럽게 생각하는 것조차 가족에 대한 일종의 모독이라고 여기는 듯하다. 가족이란 논리를 초월하는 곳에 존재한다고 믿어 마지않는 듯 보였다.

그러나 이 세상에는 행복한 가족만 있는 것이 아니다. 불행의 씨앗을 짊어지고 있는 사람은 어쩔 수 없이 가족이란 무엇인가를 생각하게 된다.

가족을 절대적으로 믿는 사람들을 예로 들어 생각해보자.

내 일을 거들어주는 사람이 하나 있다. 과거 내가 신세를 졌던 사무소의 일원이었고, 사무소가 폐쇄된 후에는 내가 미숙한 사무처리 등의 일을 거들어주고 있는 사십 대의 여자다. 때로 그녀가 하는 얘기로 상상하건대, 가족이 무척 화목한 듯했다.

구마모토에서 정형외과 병원을 했던 아버지가 돌아가시자 거처를 옮겨 지금은 도쿄에 살고 있다. 친정집 정리에 시간이 오래 걸린 것 같았다. 병원은 문을 닫고 산소도 도쿄 인근의 다마로 이장했다.

남동생이 둘 있는데, 모두 의사지만 아버지의 병원을 이어받지는 않았다.

둘째 동생은 후쿠오카에 살고, 첫째 동생은 도쿄의 어머니 집 근처에 살고 있다. 우리 집에 와서 나를 거드는 그녀는 파트너와 함께 살고는 있으나, 무슨 일이 있을 때마다 어머니 집에 가서 잔다. 그 어머니와는 직접 통화한 적이 있는데, 명랑하고 사교적이고 진취적인 사람인 듯했다. 집을 지을 때도 자신의 의도를 분명하게 밝히며 업자와 교섭했다고 하니까, 그 방면에 재능이 있는 것이리라.

어머니 얘기를 할 때면 그녀는 늘 애정에 넘친다. 얼마나 제 멋대로이고 엉뚱한지를 얘기하면서 말이 많아진다. '아, 어머니를 정말 좋아하는구나. 입이 근질거려 얘기하지 않고는 못 견디는구나' 하고 흐뭇해지는가 하면 그 거짓 없는 신뢰가 부럽기도 하다.

남동생 둘도 어머니를 무척 좋아하는지, 설날이나 추석 등 명절에는 꼭 어머니 집에 모인다. 어머니 중심으로 돌아가는, 일반적인 가족이다.

그런 그녀에게 가족에 대해 어느 정도 알고 있는지 물어보았다. 어머니와 동생들의 성격과 생활 등등. 그녀는 잘 알고 있었다. 어머니에 대해서는 마치 자신처럼, 아니 자신보다 훨씬 더 자세하게 알고 있었다.

그런데 구마모토의 집을 정리하기 위해 몇 번 드나들더니, 내게 이런 말을 했다.

"어머니 대신 집 안을 정리하다가 알게 되었는데, 난 정말 어머니에 대해서 아무것도 모르고 있었나봐요."

어머니는 나와 비슷한 연배라서 사고방식이 어떨지는 대충 짐작이 간다. 패전 당시에도 초등학생이었을 테니 변화의 물결을 싫으나 좋으나 받아들일 수밖에 없었으리란 것도 안다.

그녀가 정리를 하다보니, 자잘한 숫자가 가득 적힌 공책 여러 권과 영수증, 병원에서 사용한 듯한 서류 등이 나왔다고 한다. 어머니가 쓴 글자가 틀림없었다. 정형외과를 하는 아버지를 거들어, 사무를 보았다는 것을 알 수 있었다.

그전에는 어머니를, 남편이 병원을 하는 덕에 풍족하게 살았던 여자로밖에 생각지 않았다고 한다. 지방에서 의사의 부인이면 외출할 일도 많다. 아버지의 비호 아래, 마음 내키는 대로 살았다고밖에 생각지 않았던 것이다.

그런데 그 서류들은 어머니에 대한 그 이미지를 여지없이 무너뜨렸다. 남편의 오른팔로 병원 일을 거드는, 일하는 여자로서의 측면을 보여준 것이다.

그녀는 어머니의 다른 면을 처음 발견하고서, 새삼스럽게 어머니에 대해 아무것도 몰랐으며 알려 하지도 않았다는 것을 깨달았다고 한다.

지방의 개인 병원은 일이 많든 적든 부인의 뒷받침이 필요하다. 도시의 병원과 달라서 경리 등의 잡무는 아내 몫으로 돌아온다. 병원이 동네 사람들, 특히 어르신들의 모임터가 되는 경우도 있어서 그 사람들을 상대로 말동무를 해야 하는 일도 있다.

딸인 그녀는 눈에 보이지 않는 소소한 부분에는 채 생각이 미치지 못했던 것이다. 어머니 역시 딸이 알아차리지 못하게 신경을 썼을 수도 있다.

연배가 같은 나는 그녀가 말하는 어머니의 모습에 다소 위화감을 느끼고 있었는데, 이번에 그 얘기를 듣고는 친근감을 느꼈다.

어머니의 새로운 면을 알게 되어, 어머니를 대하고 보는 그녀의 태도와 시각도 달라지지 않을까 생각한다.

"지금까지 정말 아무것도 몰랐네요. 알려고도 하지 않았고요."

그녀는 이렇게 말했다. 가장 가까운 존재인 어머니에 대해서도 모르는 일이 많았는데, 하물며 남자고 정형외과 의사로 지방에서 병원을 했던 아버지, 당신 자신이 투석을 받으면서도 암으로 돌아가시는 마지막까지 환자를 본 아버지의 마음속은 알 리가 없었을 것이다. 왜 두 동생이 아버지의 병원을 이어 운영하지 않고, 다른 병원에서 근무하는지 그 이유 따위도 물어보지 않았을 것이다.

아버지가 돌아가신 후, 어머니와 함께 화목하게 지내는 듯 보이는 가족. 밖에서 보기에는 결속력도 강하고 행복한 가족이었겠지만, 서로를 잘 알고 이해하고 있는지는 의문이다.

그래서 가족은 가장 가까우면서도 먼 존재인지도 모르겠다.

둘밖에 없는
가족

우리 부부는 단둘이 살고 있다. 내 아버지와 어머니는 이십 년도 더 전에 돌아가셨지만, 반려의 어머니는 백 살까지 장수했다. 2011년 3월 11일, 동일본대지진이 발생한 후, 한 달 만에 돌아가셨다. 그 3월 11일 이후, 재해를 당하지 않았는데도 죽은 사람이 많은 것은 어째서일까.

반려의 어머니, 즉 나의 시어머니는 나이가 들면서 기억은 희미해졌지만, 그 나이가 되어도 정신은 또렷했다. 다리가 불편해 휠체어를 사용하면서 삼 년 정도 시설에 있었는데, 한 달에 한 번은 뵈러 갔다.

효자인 반려는 일주일에 한 번은 꼭 찾아가 탁자 위의 꽃병을 새 꽃으로 장식했다. 간병하는 사람도 그 꽃을 즐겨 바라보았다. 반려는 십 년 전부터 꽃에 새롭게 눈을 떠, 우리 집 꽃도 그가 장식한다. 들꽃을 취급하는 꽃가게 주인과 친해지는 바람에, 자기 방식대로 자유롭게 꽃을 꽂는다. 그런데 의외로 감각이 좋다. 내가 말하자니 뭣하지만, 때로는 '우와!' 싶을 정도로 꽃들의 조화가 아름답다. 수반이나 꽃병 같은 것들은 내가 전에 취미로 모은 것이지만……

　반려는 누나 둘에 여동생이 하나인 사남매다. 남자는 그뿐이다. 과거에는 정월 초이틀이 되면 반드시 시댁을 찾았다. 부엌에서 일하는 사람은 시어머니와 근처에 사는 시누이, 그리고 요리를 좋아하는 반려였다. 나는 술을 좋아하는 시아버지와 식탁에 마주 앉아 술을 홀짝홀짝 마셨다. 며느리가 일하는 풍경이 없는데도 모두 이상해하지 않았다. 사람마다, 집안마다 나름의 방식이 있는 것이다.

　음식이 완성되면 식탁에 모두 둘러앉는다. 한동안은 그렇게 단란했다.

　시아버지가 돌아가시고 시어머니가 시설에 들어간 후에도, 정월 초이틀에는 장만한 설음식과 술을 들고 시어머니의 방을 찾아가 새해를 축하했다.

지금도 여전히 수입을 따로 관리하는 우리 부부는 자기 것은 자기가 산다. 공동으로 쓰는 돈은 대충 절반으로 나눈다. 각자 잘하는 분야가 따로 있어 정확하게 계산하지는 않아도, 그 기본 방침은 유지하고 있다. 나이를 먹어서 수입은 늘지 않지만, 반려는 방송국과 대학에서 근무한 덕분에 연금이 나오고, 나는 때로 책이 팔려 뜻하지 않은 수입이 들어오곤 한다. 균형이 유지되는 한, 우리는 지금의 방식을 고수하면서 생활하려 한다.

　그런데 생활은 그렇다 치고, 단둘이 살면서 우리의 마음을 교류하는 건 어떻게 되어가고 있을까. 가족이란 말할 필요도 없이 형태의 문제가 아니라 소통하고 상대를 배려하는 마음의 문제인데.

　일상생활에서는 종종 잊어버리지만, 무슨 일이 생기면 그 의문이 얼굴을 드러낸다.

　젊었을 때는 반려가 특파원으로 외국에 나가 있는 일이 많아, 별거가 잦았다. 나는 따로 하는 일이 있으니, 같이 외국에 나간다는 것은 생각도 할 수 없었다. 반려가 중동 특파원으로 베이루트(레바논의 수도)에 한 삼 년 있었을 때, 해외 취재를 가게 되면 돌아오는 길에 잠깐 들르는 정도가 다였다. 직함만 중동 지국장이지 현지에는 비서와 가정부, 그리고 운전사를 제외

하면 지국원은 반려 한 명뿐이었다. 중동전쟁이 끝나고 베이루트는 내전에 휩싸였다. 중동의 파리라 불리는 해변의 아름다운 도시가 파괴되었다.

당시 베이루트는 일본항공(JAL)을 비롯해 대형 은행과 종합상사의 지점과 지사가 있어 일본과 중동의 교류 거점이었다. 그러나 내전으로 지점 대부분과 지사가 카이로 등 다른 지역으로 자리를 옮겨 갔다.

또 신문, 텔레비전, 통신사 등 저널리즘의 중심이었고, 일본 적군파도 잠복해 있었으며, 팔레스타인 난민촌도 여러 군데 있었다. 나도 몇 번 취재하러 간 적이 있는데, 매일같이 국경을 넘어와 폭격하는 이스라엘 전투기 등, 그때마다 불안한 정황을 피부로 느끼곤 했다.

내전이 점점 격렬해지면서 우리나라 사람 대부분이 베이루트에서 철수하는 가운데, 저널리스트들만 남아 정보를 전했다. 비행장은 봉쇄되었고 배는 운항을 중지했다. 한때는 반려와 소식도 닿지 않았다. 근무처인 텔레비전 방송국에 문의해봐도 행방을 알 수 없다는 대답뿐이라 불안한 나날이 계속되었다.

한참이 지나 방송국으로부터 키프로스의 니코시아로 향하는 배를 타고 무사히 피난했다는 소식이 전해졌고, 체류하는 호텔의 전화번호도 알게 되었다.

곧바로 전화를 걸었지만, 연결되지 않았다. 몇 번을 계속해서 걸어 겨우 연결되었을 때의 반가움과 안도감이란 뭐라 말로 표현할 수 없었다. 죽었을지도 모른다는 각오까지 했기 때문에 왠지 맥이 쭉 빠졌다.

그런데 왜 전화가 연결되지 않았을까. 그쪽에서도 내게 연락을 취하려고 전화를 계속 걸었기 때문에 통화 중이었던 것이다. 서로가 상대방에게 전화를 걸었다는 얘기다. 마음이 통했다고 생각했다. 일종의 감동이 밀려왔다. 가족으로서 나와 반려가 이어진 한순간이었는지도 모르겠다.

그 후, 지국은 카이로로 옮겨졌다. 나도 여행기를 쓰기 위해 반년 동안 카이로에서 생활하기로 했다. 그 반년이 우리가 가족으로서의 토대를 다진 시간이었다.

반려는 프로듀서 겸 디렉터로 나 또한 리포터로, 촬영기사를 고용해서 몇 번이나 프로그램을 만들었고 그 영상들을 일본으로 보냈다.

그 반년 동안에는 우리도 일반적인 부부 같았다고 할 수 있을 것이다.

귀국하자 다시 일상이 시작되었다. 쉰 살이 정년이어서, 반려는 방송국을 그만두고 독립해 친구와 함께 뉴스를 전문으로 하는 회사를 차리겠다고 했다.

베를린의 장벽이 무너지고, 루마니아를 비롯한 독재국가에도 커다란 변화의 물결이 있었다. 소비에트 연방도 붕괴하면서 냉전이 종식되었다. 세계가 변화의 갈림길에 선 시기, 국제적으로 뉴스거리가 끊이지 않았다.

반려는 각지를 돌아다니며 엉덩이 한번 붙일 새 없이 취재를 계속했다. 나는 나대로 글 쓸 일이 많아졌다. 논픽션을 쓰기 위해서 장기간 취재 활동을 다녔다.

마주 보고 밥을 먹는 일조차 거의 없었다. 그런 와중이던 어느 해 연말, 둘 다 시간이 나서 지인의 여행사에서 추천하는 하와이의 마우이 섬으로 닷새간 여행을 떠나기로 했다. 하와이에는 조금도 관심이 없었는데, 크리스마스 시즌에다 연말이라 취소된 항공편이 있는 곳은 하와이밖에 없었다.

속이 좀 좋지 않다고 했지만, 반려는 마우이의 호텔에 도착해 점심을 먹으면서 가볍게 맥주도 마시고 저녁때까지 쉬었다. 그런데 몸이 뜨끈하다고 해서 열을 재어보니 40도에 가까웠다. 프런트에 문의해 의사를 소개받았다. 진찰 결과, 맹장염에 복막염이 겹쳤을지도 모른다는 의사의 소견. 섬에 병원이 딱 하

나 있는데 빨리 그곳으로 가서 곧바로 수술을 받지 않으면 목
숨이 위험하다고 했다. 다음 날 아침, 나는 수술실 문 앞에서 수
술이 끝나기를 기다리고 있었다.

　도중에 수술실에서 나온 간호사 말이, 장이 뒤엉켜 시간이
걸린다고 했다. 창백한 얼굴로 실려 나온 반려는 바다가 보이
는 개인 병실로 옮겨졌다. 그 시점에서도 나는 당시 일어난 일
들을 심각하게 생각하지 않았다. 그런데 수술 자리가 유착되
어 며칠이나 방귀가 나오지 않았다. 또다시 개복 수술이 이어
졌다. 안 그래도 마른 사람이 급속하게 쇠약해졌다. 그리고 한
달이나 입원. 귀국할 수도 없고 아는 이 하나 없는 곳에서 나는
어쩔 줄을 몰랐다. 크리스마스가 지나고 새해를 맞았다. 어느
날 병실에 일본인 목사가 나타났다. 곤란에 처한 사람들을 정
기적으로 면회하고 있다면서 우리를 성심성의껏 대해주어 믿
고 의논할 수 있었다.

　나는 일도 하지 않고 병상을 지켰다. 그런 상황에서 호텔에
서 생활하는 나를 염려한 목사 부부가 자택에 머물게 해주었
다. 귀국할 때까지 참 신세를 많이 졌다. 알지도 못하는 우리에
게 진심 어린 봉사를 아끼지 않은 것이다. 교회에 다니는 신도
들도 하루가 멀다고 꽃을 들고 찾아와 병실을 꾸며주었다. 환

자식에서는 나오지 않는 죽도 끓여다 주고, 퇴원할 때에는 팥밥까지 지어주었다.

그 고마움에 뭐로 답하면 좋을지, 그전까지 면식조차 없던 사람들이다.

귀국할 때도 수시로 거즈를 바꿔야 하는 반려를 보살피기 위해, 고다마라는 일본 이름의 일본계 2세 수간호사가 동행했다. 많은 사람 덕분에 반려는 지금도 건강하게 잘 살고 있다.

그때 깨달은 것이 봉사의 의미다. 우리나라 사람들은 잘 아는 사람에게는 친절하지만, 모르는 사람에게는 냉담하다. 가족, 지인, 친척과는 더할 나위 없이 끈끈한 유대를 유지하지만, 관계없는 사람에게는 손바닥을 뒤집듯 태도를 바꾼다.

그런데 유럽이나 미국은 다르다. 하와이에서 알게 된 어떤 사람은 곤경에 처한 사람이 있으면 모르는 사람이라도 아는 사람 버금가게, 아니 그 이상으로 손을 내밀어 도움을 베푼다고 한다. 밑바탕에 기독교 정신이 자리하고 있는 까닭인지, 진정한 봉사 정신으로 투철했다. 나도 언젠가 누군가에게 그 빚을 갚아야 한다고 생각했다.

귀국해서 한 삼 년까지, 반려는 비쩍 말라 무리를 할 수 없는 상태였다. 나는 필요 이상 신경을 쓰면서 안달했다. 한쪽이 병을 앓으면, 다른 한쪽이 보살피는 것은 당연한 의무다.

　무슨 일이 생기면 상대를 배려하고 돕는 것이 가족이다. 진정한 가족은 핏줄로 이어진 가족을 뛰어넘는 곳에 존재한다.

가족이란 이름으로
행복을 강매하다

요즘 부음이 날아드는 일이 잦아졌다. 지인의 부음뿐만 아니라, 가족의 죽음으로 연하장을 보낼 수 없다고 알리는 엽서가 해마다 늘고 있다.

일본에서는 연하장을 보면, 그 가족의 현재 상황을 잘 알 수 있다. 가족이 늘어난 경우에는 보내는 사람의 이름이 늘어날 뿐 아니라 사진에 찍힌 사람 수도 늘어난다. 가족사진을 찍어 그것으로 연하장을 장식하기 때문이다. 결혼했다는 증거로 신혼부부의 사진을 넣고, 아기가 태어났다고 갓난아기를 안고 찍은 사진을 넣는다. 게다가 그 아이가 해마다 얼마나 성장했는지도 알린다.

나는 가족사진이 박힌 연하장이 그리 달갑지는 않다. 선의로 보낸다는 것은 충분히 알지만, 너무 많이 받으면 신경에 거슬린다.

행복을 강매하는 것처럼 느껴지기 때문이다. 가족이 전면으로 드러나고, 개인은 보이지 않는다. 느낄 수 없다. 원래부터 서로의 가족을 잘 아는 경우라면 몰라도, 나는 남의 가족을 보고 싶지가 않다. 성품이 고약하다고 할 수도 있겠지만, 부탁하지도 않았는데 아이 사진을 들이밀면서 보라는 것과 비슷하지 않은가.

가족이 그렇게 자랑스러운 것일까. 어쩌다 기회가 생겨 소개를 받게 되면 그래도 괜찮지만, 억지로 들이미는 것은 원치 않는다.

나 개인에 대해서 알려지는 것도 그다지 탐탁지 않다. 그래서인지 지금까지도 독신으로 알고 있는 경우가 꽤 많다. 직업상 이름도 결혼 전의 이름을 그대로 쓰고 있고, 묻지 않으면 굳이 말하지도 않으니 그렇다. 지인인 구로야나기 테츠코 씨도 내가 결혼한 사람인지 몰랐던 것 같다.

구로야나기 씨는 하이쿠 모임에서 늘 보고 있는데, 어느 날 앞서 돌아간 내 자리에 열쇠가 놓여 있는 것을 보고 전화를 걸어주었다. 그때 우연히 반려가 있어 전화를 받았더니, 다른 사람들에게 '남자가 받더라' 하고 전했다고 한다. 그녀는 내가 독신인 줄로만 알았던 것 같다. 벌써 사십 년을 반려와 같이 살고 있는데.

텔레비전의 장수 토크 프로그램인 '테츠코의 방'에 출연했을 때도 제일 먼저 그 화제를 꺼냈다. 상당히 의외였던 모양이다.

가족과 핏줄은
무관하다

간혹 지인이나 친구의 가족 때문에 놀라는 일이 있다.

2011년, 같은 아파트에 사는 극작가 이치카와 신이치 씨가 돌아가셨을 때 일이다.

아오야마에서 거행된 장례식에 참석하고 보니 아내인 시바타(이치카와) 미호코 씨 옆에 인상이 좋은 젊은 여자가 서서, 가족인 것처럼 문상객들에게 인사하고 있었다.

이치카와 씨는 분명히 부부 둘뿐이었는데……, 하고 생각했더니, 며칠 후 같이 다니는 근처 스포츠 클럽에서 시바타 씨가 "딸이에요" 하고 소개를 해주었다.

돌아가시기 전에 이치카와 씨 부부가 먼 친척 여자를 양녀로 삼았던 것이다. 단둘이 사는데, 한쪽이 먼저 죽으면 남은 한쪽이 얼마나 외롭고 허전하겠느냐, 하는 생각으로 부부가 충분히 의논한 끝에 양녀를 들였다고 한다. 이 얼마나 꼼꼼한 배려인지.

시바타 씨가 다부진 여자기는 해도 이치카와 씨가 갑자기 돌아가셨으니 얼마나 적적할까 걱정했는데, 내심 안도했다. 그런 앞날을 고려해서 미리부터 계획한 일이라고 한다. 두 사람과 같이 식사를 했는데, 지나치게 끈끈하지도 않은 보기 좋은 모녀였다.

아버지의 남동생인 내 삼촌도 친척의 뒤를 이었다. 우리 부모 역시 메이지 시대 조부모 대에 부부가 나란히 시모주 집안에 들어왔다고 한다.

과거에는 핏줄이 집안을 이었지만, 이제는 마음 맞는 사람끼리 연을 맺는 것도 좋지 않을까 싶다.

구미에서는 피 한 방울 섞이지 않은 아이를 양자로 맞는 예가 적지 않다. 내가 영어를 배웠던 미국 여자 또한 두 명의 아이를 낳았는데도 아프리카에서 두 명, 아시아에서 한 명을 입양해서 키우고 있었다.

왜 일본 사람들은 핏줄에 그토록 연연해하고 집착하는 것일까. 부모나 자식이나 그 속박에서 벗어날 수 없는 경우가 많다. 좀 더 유연하게 생각하면서 집착을 버릴 수는 없을까. 그러면 가족에 얽힌 사건과 옥신각신 다툼이 어느 정도는 해결될 텐데 말이다.

2014년, 영화배우 다카쿠라 겐 씨도 작고했다. 줄곧 독신으로 알려져 있었는데(에리 지에미 씨와 이혼 후), 양자가 있어서 매스컴이 발칵 뒤집혔다.

베일에 싸인 사생활로 신격화되기도 했던 배우기에, 사연을 듣고서 나는 '참 다행이다' 하고 역시 안도했다. 다카쿠라 씨 바로 옆에 마음이 통하는 사람이 있었다는 것은 일종의 구원이다.

이름이 널리 알려진 사람은 이렇게 양자를 들이는 경우가 많다.

예를 들면 화가 오카모토 다로 씨도 그렇다. 오카모토 다로 씨가 살아 있을 때, 아오야마에 있는 자택으로 인터뷰하러 간 적이 있다. 입구에 오카모토 다로 씨를 꼭 닮은 입상이 '예술은 폭발이다!'라고 말하는 듯한 포즈로 맞아주었다.

그때 다로 씨의 여자 비서가 정성스럽게 대접을 해주었는데, 훗날 다로 씨의 양녀로 호적에 올랐다.

2010년에 세상을 뜬 다카미네 히데코 씨는 여배우로서도 훌륭했지만, 나는 수필가로서의 그녀를 무척 좋아했다. 생활의 자세에서도 배운 것이 많았다. 영화감독 마쓰야마 젠조 씨의 부인이기도 했는데, 글재주가 세상에 알려진 것은 그녀를 경애하는 편집자가 있었기 때문이다.

그 편집자는 다카미네 씨가 살아 있을 때 이미 마쓰야마의 양자로 들어가, 지금도 다카미네 씨의 옛 생활상을 잡지에 연재하고 있다. 다카미네 히데코라는 개인과, 편집자라는 개인의 유대가 가족이라는 형태를 띠게 된 것이다.

서로를 가장 잘 이해할 수 있는 사람끼리 가족이 되는 이런 사례는 앞으로 점점 늘어날 것이다.

며칠 전, 텔레비전에서 돌아가신 이시하라 유지로 씨의 일에 대한 정열과 투병 생활을 부인인 기타하라 미에 씨가 회고하는 프로그램을 봤다. 담담하면서도 애정에 찬 말투가 살아 있는 이시하라 유지로 씨에게 말을 건네는 것처럼 자연스러웠다.

그런데 그중에 마음에 좀 걸리는 말이 있었다.

"자식이 없었기 때문에 가족끼리 교류가 있는 집의 아이를 정말 귀여워했어요."

유지로 씨가 마음을 터놓고 지낸 많지 않은 집 중에 교토의 여관 겸 요정 '가와타로'가 있다. 당시의 주인장은 유지로 씨의 동창이었다고 하는데, 며칠 전 교토에 갔다가 우연히 현재 '가와타로'를 운영하는 누님의 얘기를 들을 수 있었다.

유지로 씨는 그 여관을 마치 자신의 집처럼 편하게 여겼다고 한다.

그리고 또 한 군데 후쿠이 아와라 온천지의 오래된 여관 '베니야'가 있다.

병을 앓게 된 후, 유지로 씨는 요양을 겸해 일종의 은신처로 그곳을 즐겨 사용했는데, '베니야'의 가족들과는 신뢰가 무척 두터웠다고 한다. 아들인 지금 사장이 유지로 씨가 드나들었던 어린 시절 얘기를 그리운 표정으로 풀어놓아주었다.

유지로 씨에게는 '가와타로'라는 가족과 '베니야'라는 가족이 있었다. 핏줄은 아니어도 마음으로 단단히 이어진 가족이 있었기에 유지로 씨는 마음의 안정을 유지할 수 있었으리라.

과연 유지로 씨가 원했던 것은 무엇일까. 배우 이시하라 유지로가 아니라 있는 그대로의 자신을 안심하고 드러내놓을 수 있는 장소이지 않았을까.

그 안심이란 무엇일까. 아무 말 하지 않아도 이해해주고 자기편이 되어주는 사람이 있는 장소. 자신이 온전히 자신일 수 있는 장소. 그것은 인간 상호 간의 이해와 신뢰 없이는 성립하지 않는다. 그리고 그 밑바닥에는 사랑이 있다. 말없이 자신을 사랑해주는 이가 존재하지 않는 가족은 가족이라 할 수 없다.

또 한 가지, 최근 절실하게 이런 생각을 한다. 사랑받음과 동시에 사랑할 수 있는 대상이 필요하다는 것.

'자식이 성장하고 나니 무릎이 허전하다.'

잘 아는 평론가가 그렇게 말했는데, 이해가 간다. 나도 요즘 들어 사랑하는 것을 원하게 되었다.

강아지나 고양이를 자식 버금가게 예뻐하는 심리를 알 만하다. 여느 부부들 대화의 중심에 애완동물이 있다는 사실이 그 상황을 여실히 말해주지 않나 싶다.

결국 아버지와 어머니, 오빠를 알기 위해서
편지를 쓴 게 아니라 나 자신을 알고 싶어 쓴 것임을 깨달았다.
자신이 어디에 자리하고 있는지를 확인하기 위함이었다는 것도.
가족을 아는 것은 즉 자신을 아는 것이다.

제4장

세상 떠난 가족에게
쓰는 편지

가족을 아는 것은
즉 자신을 아는 것

　　　　　　나는 내게 있는 모든 상상력을 동원해
서 나의 가족을 이해해보려고 했다. 아버지를, 어머니를, 오빠
를……. 그러나 이미 이 세상에 없는 사람에 관해 확인하기란
어렵다. 만약 그럴 수 있어서 대화를 나누고, 의문스러운 점을
물어 푼다고 해야 얼마나 더 알 수 있을까. 사람의 마음은 그
누구도 이해할 수 없다. 자신의 마음조차 파악하지 못하는데,
타인의 마음을 이해하려 한다는 것은 주제넘는 일이다.

　어느 시점에서 나는 포기했다. 가족이니까 말을 안 해도 서
로를 이해할 수 있다고들 믿지만, 표면적으로는 그럴 수 있어
도 마음속 깊은 곳은 헤아릴 수 없다. 알고 있다는 착각에 가로

막혀 오히려 타인을 볼 때만큼의 정확함마저 잃어버리는지 모른다.

프루스트의 『잃어버린 시간을 찾아서』를 빌려 표현하자면 '잃어버린 가족을 찾아서' 나는 무엇을 어떻게 하면 좋을까. 갖가지 방법을 생각해보았지만, 지금 내가 할 수 있는 일은 저세상으로 가버린 가족에게 편지를 쓰는 것뿐임을 깨달았다.

평소 가족에게 편지를 보내는 일은 많지 않다. 쑥스럽기도 하고, 무슨 말을 쓰면 좋을지 난감하기도 하다. 일반적으로 결혼식이나 생일 때, 아버지와 어머니에게 보내는 감사 편지가 공개적으로 읽히기도 하는데, 왕왕 과도하게 연출된 듣기 좋은 말들은 진짜 속마음과는 거리가 멀다. 안 그래도 편지를 쓰기 싫어하는 사람은 가족에게 편지를 쓴다는 생각조차 하지 못한다.

내게는 그 가족이 현실 세계에서는 상실되었다. 조그만 불단속에 위패가 되어 자리하고 있을 뿐이다. 그 위패를 보면 아버지와 어머니의 기일을 알 수 있다. 그러나 오빠는 새 가족과 묘를 따로 만들어, 오빠와 나 사이를 이어줄 만한 어떤 실마리도 남아 있지 않다.

잃어버린 인연을 더듬어 편지를 쓸 수밖에 없다.

지금은 대놓고 솔직하게 질문할 수 있을지도 모르겠다. 그런 생각으로 쓴「아버지에게 보내는 편지」와「어머니에게 보내는 편지」「오빠에게 보내는 편지」몇 통을 이 자리에 소개하기로 한다.

그리고 마지막으로「나에게 보내는 편지」한 통을 추가한다. 결국 나는 아버지와 어머니, 그리고 오빠를 알기 위해서 편지를 쓴 것이 아니라 나 자신을 알고 싶어 쓴 것임을 새삼 깨달았다. 그리고 자신이 이 세상 어디에 자리하고 있는지를 확인하기 위함이었다는 것도. 가족을 아는 것은 즉 자신을 아는 것이다.

아버지에게
─ 겨울 천둥

갓 태어난 제가 어둠 속에 누워 있군요. 한껏 손을 뻗어보지만 아무도 없습니다. 옹알옹알 소리를 내보지만, 그 또한 들리지 않나 봅니다. 어둠이 찢어지고, 빛이 땅에 꽂히는군요. 천지가 뒤집힐 듯 울리는 요란한 굉음……, 한참 자라서야 그것이 천둥과 번개라는 것을 알았습니다.

제가 태어난 도치기 현 우쓰노미야는 천둥으로 유명한 곳이더군요. 그때의 공포 체험은 아마 제 어린 시절 기억의 깊은 곳에 남아 있겠죠. 제가 태어난 것은 1936년 5월 29일, 그 사건이 발생한 것은 2월 26일(2·26사건은 일본제국이 군국주의 국가로 탈바꿈한 일본 현대사 최대의 정치 사건이다. 사건은 진압되지만, 정부

는 군부의 일개 도구로 전락하게 된다 – 옮긴이). 3개월의 차가 있습
니다.

1936년 2월 26일은 일본 현대사에 기록된 역사적인 날이죠.
사건 발생을 접한 당신은 군복을 차려입은 모습으로 무릎을 꿇
고 어머니에게 인사를 고했다고 들었어요.

"당분간 돌아올 수 없을지도 모르겠소."

당신은 그런 말을 남기고 집을 나섰다고 하더군요.

눈 내리는 날이었습니다. 황도파(皇道派: 천황 친정을 통해 군
이 주체가 된 정부를 세워야 한다는 육군 내의 한 파벌로 2·26사건을
주도했으나 통제파統制派에 의해 실패했다 – 옮긴이) 청년장교들
이 끝내 쇼와유신을 위해 궐기한 것이죠.

사건의 중심인물 노나카 시로 대위는 아버지와 육군사관학
교 동기생이었습니다. 통제파의 쓰지 마사노부 역시 동기생이
었다죠. 황도파와 통제파 사이에 있었던 당신은 중도파로 간
주됐습니다. 생각은 노나카 대위 쪽에 있었으나, 우쓰노미야의
14사단으로 막 전근한 당시 정보가 자세하게 전해지지 않았겠
지요.

"진압하고 오겠소."

군도를 굳게 잡고 어머니에게는 그렇게 말씀하셨다고 하나,
진실이 어디에 있었는지 저는 모르겠습니다.

마음은 급한데, 움직임을 눈치챈 상사에게 앞길이 막혀 당신은 결국 상경하지 못했습니다.

"왜 안 갔나요?"

성장한 후, 저는 몇 번이나 그렇게 따져 묻고 싶었습니다.

저는 갔어야 했다고 생각한 것이죠. 왜 자신의 의지에 따라 행동하지 않았는지, 상사의 손을 뿌리치면서라도 갔어야 한다고 생각했어요.

만약 무사히 상경했다면 황도파 장교들에게 에워싸여 돌아오지 못했을 수도 있었겠지요. 만약 의지에 따랐다면 쿠데타에 참가한 한 사람으로 처형을 당했을지도 모르죠. 그렇게 되었다면 저는 역신의 딸로 태어나 고통의 나락으로 떨어졌겠지요. 그렇지만 당신의 뜻에 자긍심은 느낄 수 있지 않았을까요.

갓 태어난 저를 품에 안고 벚나무 가로수가 서 있는 군용도로를 걸었다는 자상한 당신의 추억보다는, 피에 얼룩지면서도 강한 의지를 관철한 모습을 원했습니다. 당신에 대한 저의 오랜 반항은, 무의식중에 거기에서 시작되지 않았나 싶군요.

아버지에게

― 공직추방

초등학교를 같이 다닌 재일조선인 학생
들은 늘 저를 쫓아다니며 해코지할 기회를 노렸습니다. 학교에
갈 때나 집으로 돌아올 때, 동네 남자아이 몇 명이 저를 보호해
주었죠. 제가 열차를 타고 사립 중학교를 통학할 때까지 계속
그랬습니다.

그들이 왜 저를 그렇게 대하는지, 왜 제가 표적이 되었는지
알 수 없었습니다. 몸이 약한 탓에 학교에서도 얌전하게 지내
고, 학급위원을 하면서도 아이들에게 거들먹거리는 일은 없었
는데 말이죠. 정말 이해할 수 없었어요.

그 상황을 걱정하신 어머니가 집까지 뒤쫓아온 그들을 똑바

로 바라보면서 이유를 물었습니다. 중학교에 다니는 제가 몹시 걱정스러웠던 것이겠지요. 그날 아이들이 저를 괴롭힌 이유가 당신이라는 것을 알게 되었습니다. 당신이 군인이라는 것이 이유였어요.

전쟁이 발발하기 전부터 군의 명령으로 조선에서 일본으로 강제 연행된 사람들이 있더군요. 그들의 가족도 아마 그런 사람들이 아니었나 싶었습니다.

대학생이 되어 그 의미를 확실하게 파악한 저는 그들에게 미안했어요. 당신이 직접적으로 관련된 일은 아니어도, 일본 육군의 행위인 것은 틀림없으니까요. 거기에서 비롯된 민족의 비극, 당신 대신 딸인 제게 화살이 돌아온 것은 당연한 일인지도 모르겠군요.

어머니는 그들과 얘기를 나누고, 사과할 일은 사과하고, 제게는 잘못이 없다고 설명하셨습니다. 그날부터 저에 대한 괴롭힘은 뚝 사라졌지요.

저는 그날만큼 군인의 딸이라는 사실을 의식한 적이 없습니다. 동시에 그날로부터 당신에 대한 비판도 더욱 심해졌지요.

일본이 전쟁에 패하면 자신도 살아 있을 수 없다고 말하던 당신이 전쟁에 패한 후에도 죽음을 선택하지 않은 것이 너무도 이상했습니다. 학교에서 '모욕을 당하며 목숨을 부지하느니, 당당하게 죽어라' 하는 교육을 받았기 때문이겠지요.

그 후, 당신은 오사카 재무국의 요직에 발탁되었어요. 요즘 말로 하면 '낙하산 인사'라 할 수 있을 겁니다. 마침내 시작된 도쿄 재판에서 A급 전범의 전쟁책임론이 불거지자 군의 중추에 있던 사람들에게도 책임 추궁이 이어졌습니다. 당신 역시 그때 공직에서 추방되었죠. 우리 집안의 악몽이 시작된 시점이었습니다.

아버지에게
─당신이 남긴 것들

어느 날, 학교에서 돌아와 보니 뭔지 모
를 반짝거리는 것이 널마루 한가득 가로 세로로 줄줄이 놓여
있더군요. 은색 세모꼴에 손바닥만 한 크기였어요.

"엄마, 이게 뭐야?"

저는 눈을 동그랗게 뜨고서 물었죠. 어머니는 참새 쫓는 도
구라 하면서, 지인이 갖다 주었는데 농가에 다시 내다 팔 것이
라고 대답하셨어요.

공직에서 추방되고 나서 당신은 장사에 도통 재주가 없어 하
는 일마다 잘 풀리지 않았죠. 그러다 끝내 익숙지 않은 일에도
손을 대고 말았습니다.

종일 서재에 틀어박혀 있는 날도 있었는데, 살짝 엿보려 하면 꾸중을 들어야 했습니다. 책상 위에는 종이 두루마리가 놓여 있고, 무언가가 그려진 끝자락이 책상 아래로 늘어져 있었죠. 아는 화가가 의뢰한 그림을 베끼는 일이겠지 생각했습니다. 당신은 전시 중에도 생활에 쪼들리는 화가의 뒤를 돌봐주기도 하고, 그림도 때로 사곤 했으니까요. 그들이 경제적으로 곤경에 처한 우리 집에 손을 내밀어 은혜를 갚으려 한 것이겠지요.

당시 한창 인기를 끌었던 M씨는 제가 상급 학교로 진학하는 것을 도와주기도 했습니다. 외국인 피가 섞이지 않았을까 싶을 정도로 짙은 갈색 머리칼에 특유의 말투 때문에 저는 M씨에게 '스파이'라는 별명을 붙여주었더랬지요.

그런데 당신이 뭘 그리고 있었는지 알게 되는 날이 끝내 오고 말았습니다.

어머니가 돌아가신 후, 친정집을 정리하다가 커다란 비닐봉지를 발견한 것이죠. 그 검은 비닐봉지 안을 들여다보고는, 그만 저도 모르게 얼굴을 붉히고 말았습니다. 남자와 여자의 교합을 그린 춘화였으니까요.

이걸 어떻게 하면 좋을까, 하고 생각했습니다. 버리기는 쉬운 일이죠. 하지만 그래도 당신의 유품. 전후의 고통스러웠던 시절, 마음에도 없는 그림이라도 그려 돈을 벌어야 했던 당신. 화가를 지망했으나 그런 그림밖에 그릴 수 없었던 당신의 아픔이 제게도 절절하게 전해지더군요.

저는 그 검은 비닐봉지를 고스란히 제 아파트로 가지고 와, 아무도 보지 못하게 창고 속에 꼭꼭 숨겼습니다.

언젠가 창고 정리를 하던 반려가 "이 비닐봉지 뭐야?" 하고 묻기에 당황한 저는 그 비닐봉지를 들고 얼른 지하 쓰레기 수거장으로 내려갔습니다.

다 버리자니 또 그럴 수는 없더군요. 두세 장은 다시 가져왔어요. 아무리 그래도 당신의 소중한 유품이니까요.

아버지에게
– 남자들의 싸움

남자들이 서로에게 고함치는 소리가 들리는군요.

오빠와 당신이 틀림없겠지요. 널마루에 마주 앉은 모습이 보입니다. 당신은 작업복 같은 것을 입고 있고, 중학생인 오빠는 하얀 셔츠에 검은 바지인 교복 차림이군요.

처음에는 앉은뱅이 상을 사이에 두고 마주 앉아 대화로 시작했을 텐데, 제가 봤을 때는 상은 어디로 치워졌는지 없고, 두 사람은 널마루 한가운데 서 있었어요.

어느 쪽이 먼저 손을 올렸는지는 분명하지 않습니다. 아마 화가 잔뜩 나 있던 당신이었겠지요.

"이놈! 돼먹지 못하게!"

그렇게 말하면서 두 손을 푸르르 떨고 있었으니까요. 당신은 전쟁터에서 입은 부상으로 흥분하면 손발을 떠는 지병이 있었습니다. 공직에서 추방된 후, 하는 일마다 풀리지 않아 고함을 치는 일도 잦던 때였죠.

오빠는 한창 반항기에 있는 중학생, 당신을 비판하는 말을 종종 입에 담곤 했습니다. 직접적인 원인이 무엇이었는지는 잘 모르겠군요. 당신과 오빠는 서로를 노려보며 치고받고 싸우기 시작했습니다.

오빠는 죽이겠다면서 달려들었고, 당신은 "어디 죽여봐라" 하며 조금도 물러서지 않았어요. 어머니는 그만하라 하면서 조심조심 두 사람 주위를 맴돌더니, 살의를 느꼈는지 두 사람 사이로 끼어들었습니다.

"당신은 나서지 마."

당신은 버럭 소리를 지르며 어머니의 뺨을 후려쳤지요. 어머니는 쓰러지면서도 오빠의 셔츠를 꽉 잡고 놓지 않았습니다.

"애야, 제발 도망쳐라."

그때 당신의 구타로 어머니는 오른쪽 고막이 터졌습니다.

옆에 칼이나 몽둥이 같은 흉기가 없어서 그나마 다행이었죠. 당신들은 그때, 서로를 정말 증오하고 있었으니까요.

부모 자식 사이에는 때로 사건이 벌어지기도 합니다. 언제, 어디서, 어떤 일이 생긴다 해도 이상하지 않죠.

저는 널마루 구석에 무릎 꿇고 앉아 가만히 보고만 있었습니다.

그리고 머지않아 오빠는 우리 곁을 떠나 도쿄에 사시는 할머니 할아버지와 함께 살게 되었죠. 그날은 널마루 아래 좁다란 마당에서 바위취와 삼백초도 숨을 죽이고 있었습니다.

아버지에게

– 땅에 추락한 우상

　　　　　　오빠의 반항은 제게도 전염되었습니다. 오빠가 도쿄로 떠난 후, 당신을 대하는 저의 태도는 싹 바뀌고 말았습니다. 당신에게 거의 말을 걸지 않았고, 당신과 얼굴을 마주치는 것도 최대한 피하게 된 것이죠.

　마주 앉아 밥을 먹는 일도 없어졌습니다. 얼굴을 마주하면 반드시 말다툼이 벌어졌으니까요.

　'무사는 얼어 죽는 한이 있어도 곁불은 쬐지 않는다'는 말이 있지 않던가요. 비록 공직에서 추방되었지만, 당신이 의연하기를 바랐습니다. 그런데 당신은 신경이 너무 예민했어요. 당신의 감정은 아무리 억누르려 해도 이성보다 앞서 튀어나오고 말

있습니다. '땅에 추락한 우상'을 두 눈으로 보고 있을 수가 없어, 저는 당신을 피한 것입니다.

학교에서 돌아오는 길, 저 멀리서 불편한 다리를 끌며 걸어오는 당신의 모습이 보이면 얼른 네거리를 돌아 숨어버린 일도 있었습니다.

스스로 무심한 딸이라고 생각했지만, 당신이 흔들리고 굽히는 모습을 보고 싶지 않았어요. 전후에 그 혹독한 상황 속에서도 의연했던 당신의 모습이 제게는 마음의 기둥이었으니까요. 그런데 당신은 여리고 상처 입기 쉬운 마음을 드러내고 말았죠. 그런 모습을 용서할 수 없었어요.

전후의 생활이 점차 안정을 찾아가는 가운데, 저는 당신에게 찾아온 작은 변화를 알아차리고 말았습니다.

패전 후 한동안은 전쟁에 대한 책임을 운운했지만, 언사와 행동이 조금씩 예전으로 돌아가더니 군인 시절의 동료와도 친분을 회복하는 듯이 보였습니다.

저는 그 또한 용서할 수 없었어요. 한번 반성하고 후회한 일을 제자리로 돌려놓다니, 대체 무슨 생각이었나요.

전후의 혼란이 수습되면서 세상도 변했지요. 공직에서 추방되었던 사람이 정치가로 변신해 돌아오는가 하면, 조금씩 원래대로 돌아갔습니다.

당신에게도 자위대 간부 자리를 권하는 얘기가 있었는데, '두 번 다시 군대는 싫다'고 거절한 점은 인정해요. 친분이 두터운 동기생도 벌써 부임한 상황이었으니까요.

중학교를 졸업한 저는 당신과 더는 얼굴을 마주하기가 싫어서 집을 떠났습니다. 오테마에 고등학교에 다니기 위해 지인의 집에서 하숙하게 된 것이죠.

아버지에게

─가정이 무너지는 순간

오빠는 도쿄의 할아버지 할머니 집으로 떠났고 저는 오테마에 고등학교에 다니기 위해 오사카 부 청사 뒤에 있던, 과거 가이코샤(일본제국 육군 장교, 장교생, 군속고등관 등의 친목을 도모하는 조직과 그 관사─옮긴이) 사택 중의 한 채에서 살게 되었죠. 가시와라의 관사에는 당신 부부만 남겨졌습니다.

가시와라에서 열차를 타고 통학했던 쇼인 여자중학교는 이른바 영양들이 다니는 학교였죠. 같은 재단의 여고는 반 이름이 달, 눈, 꽃이었고요. 여대로 올라가면 위는 검은 색 짧은 기모노에 아래는 초록색 치마바지가 교복이어서 마치 가극단원 같았습니다. 새로운 '학교 교육법' 제정에 따라 의무교육 기간이 연장되어 공립 중학교가 막 발족한 시기였습니다.

입시를 치러 사립 중학교에 들어간 것까지는 좋았으나 경제적으로 쪼들리는데다 여학생들만 있다는 것도 제 적성에는 맞지 않더군요.

담임선생님은 오테마에 고등학교에 이어 교토 대학을 졸업한 재원으로 저와 한 친구를 불러 오테마에 고등학교 입시를 치르도록 권하면서 과외수업까지 해주었습니다.

"앞으로는 여자도 자기 힘으로 살아가야 해. 그러기 위해서는 힘을 길러야 한단다."

초등학교 3학년에 패전을 맞으면서 바뀐 가치관에 적응하지 못해 우왕좌왕하는 어른들의 비참한 모습을 보고 자란 저는 평생 제힘으로 살아가겠노라고 맹세했습니다. 그러니 그 선생님은 제 인생의 선택에 큰 영향을 미칠 수밖에 없었지요.

그런데 그 선생님은 제가 대학에 들어간 후 오래지 않아 도쿄에 있는 공립 고등학교로 전근하고는, 동료 남성과의 연애 끝에 그만 자살하고 말았습니다. 제게는 그렇게 자립을 강조해 놓고 '왜?' 하는 의문이 남더군요.

한편 제 공격의 대상은 당신에서 어머니로 바뀌었습니다.

"군인은 싫었지만, 그림을 그리는 사람이라고 해서 결혼할 마음이 생겼던 거야."

어머니는 말은 그렇게 했지만, 군인의 아내로서 임무를 완벽하게 다하고 당신을 지속적으로 보필했습니다. 저는 그 꿋꿋한 태도가 너무 싫었어요. 어머니는 배짱도 좋은 사람이었으니, 지금 세상에서라면 충분히 자립할 조건을 갖췄다 할 수 있겠지요.

"엄마는 잘못 살고 있는 거라고!"

집으로 돌아가 당신과 마주하면 의견의 차이가 여실히 드러났지요. 그럴 때마다 저는 그렇게 어머니를 규탄했습니다. 제 생각에 찬성하는 것처럼 말해놓고서, 다시금 군국주의적 사고로 돌아가고 있는 당신과 사는 거짓된 삶.

당시 저는 남녀 사이의 속내는 조금도 몰랐어요. 견딜 수 없어지면 어머니는 집에서 나가 잠시 산책을 하는 것 같더군요. 사이좋았던 오빠와 제가 떨어져 살아야 했던 것, 부모 자식 관계가 무너진 것, 저는 그 원인이 전부 당신에게 있다고 믿었습니다.

아버지에게

−주치의에게서 온 편지

한동안 조용한 나날이 이어졌습니다. 당신은 사촌 형이 원장으로 있는 병원에서 경영 일을 거들게 되었고, 오빠는 하카타로 전근을 했지요. 저 역시 와세다 대학교를 졸업하고 NHK의 아나운서가 되어 나고야로 내려갔습니다. 그렇게 거리가 멀어지자 당신과 부딪칠 일도 줄어들었어요.

그러던 때, 어머니가 보낸 편지에서 당신이 입원했다는 것을 알게 되었어요. 젊은 시절에 앓았던 결핵이 나이가 들어 다시 재발한 거였죠. 아오세에 있는 결핵요양소에 들어가게 됐다더군요.

밖에 나다니며 데생도 할 수 없었으니, 침대에 누워 그 얼마

전에 시작한 하이쿠를 짓는 것이 나날의 낙이었죠.

붉은 옷 걸린 옷걸이 뒤 얼굴 내민 초사흘 쥐

털머위 노란 꽃잎에 어리는 붉은 저녁노을

이 짧은 시에 색채감이 있고 눈에 보이는 경치가 있더군요.
시에 곁들인 그림도 참 아름다웠습니다. 늙고 병든 몸으로, 당
신은 자신의 인생을 어떻게 생각하고 있었을까요.

지금은 저 역시 하이쿠를 즐기고 있는데, 이제야 당신이 쓴
하이쿠의 싱그러운 감성과 눈앞에 떠오르는 경치를 순순히 '좋
다'고 말할 수 있게 되었습니다.

나고야에서 이 년을 지내고 다시 도쿄로 올라온 저는 더없이
시간에 쫓기는 나날을 보냈습니다. 텔레비전이 한창 유행하던
시기라서 아침부터 밤까지 프로그램에 휘둘려 제 시간을 가질
수 없었죠.

그런 때였어요. 당신의 주치의가 NHK의 제 이름 앞으로 편
지를 보냈습니다.

두툼한 봉투 안에 든 것은 저를 비난하는 글이었죠.

'당신은 텔레비전 속에서는 늘 미소 짓고 있지만, 수많은 사

람이 당신의 그 미소에 속고 있다. 당신은 정말 매정한 여자다. 늙은 몸으로 결핵병동에 누워 있는 아버지를 한 번도 보러 오지 않았다.'

저는 주치의의 편지를 무시했습니다. 답장도 보내지 않았고, 아무런 행동도 하지 않았죠. 저는 화가 났습니다.

당신과 저의 갈등을 제삼자가 알 리 없다고 생각한 것이죠. 세상의 상식에 빗대어 함부로 말하지 말라고 생각했습니다.

당신에 대한 비뚤어진 마음을 조금씩 잊어가고 있었는데 다시금 되살아나, 말 많은 의사가 있는 병원에는 더욱이 가기 싫어졌습니다.

아버지에게

― 악화

　　　　　제가 병원으로 당신을 면회 간 것은, 돌아가시기 직전이었죠. 위독하다는 연락을 받고 어머니와 함께 달려갔습니다. 당신은 그 전날 가슴에 고인 물을 빼는 치료를 한 후에 상태가 악화된 것 같았습니다.

　어머니가 수술을 받은 가슴에 곰팡이가 피는 병이라고 설명해주었지만, 병이나 증상에 대해서 저는 자세한 것을 전혀 몰랐습니다. 요양소에서 상태가 더 나빠지리라고는 꿈에도 몰랐던 것이죠. 당신이 살아 있기에 가능한 반항이었습니다.

　침대 머리맡에 커다란 제 사진과 인터뷰 기사가 실린 신문이 붙어 있더군요.

병상에서도 제게 마음을 쓰는 당신의 자상함이 전해졌습니다.

그런데 저는 당신의 그 자상함이 도리어 힘들었습니다. 신경이 예민하고 감정의 기복이 심한데다 예술가 체질인 당신에게 가장 어울리지 않는 것이 군인이라는 직업이었으니까요.

화가라는 꿈을 가슴 깊이 숨기고 육군유년학교에 이어 사관학교, 그렇게 원치 않은 직업군인의 길을 걸으며 자신을 단련했을 당신의 모습이 안타까웠습니다. 공직에서 추방된 후에는 패잔한 신세를 면할 수 없었던 당신을 보는 것이 저는 더없이 괴로웠어요. 용서할 수가 없었죠.

허세일지언정, 의연해주기를 바랐습니다.

어린 날, 망토를 펄럭이며 말에 올라타던 당신의 늠름한 모습이 저의 뇌리에는 단단히 새겨져 있었으니까요. 제게 당신은 가장 가까이에 있는 멋진 남성이기도 했답니다. 그런데 그 바람과 이미지가 산산조각 나는 것이 견디기 힘들었던 것이죠.

전쟁이 끝나고 정국이 안정을 되찾으면서 그림을 사랑하는 당신이 아니라, 군인 시절에 교육받은 가치관으로 돌아가는 모습을 잠자코 보고 있을 수는 없었습니다.

당신의 여린 마음과 예민한 신경이 때로 참모습을 드러내는 것을 저는 외면했습니다.

제가 외면하고 싶었던 것은 당신의 그런 여림이었고, 그 천성을 물려받은 저 자신에 대한 혐오감이기도 했어요.

아오세 결핵요양소에 해가 저무는군요.

1979년 4월 11일, 당신이 숨을 거둔 날, 색이 바랜 하얀 벚꽃
이 어둠 속에 떠 있었습니다.

어머니에게

– 주고받은 편지들

편지 대부분이 비칠 정도로 얇은 해외용 편지지를 사용한 것이더군요. 두세 장인 것도 있고, 열 장에 가까운 것도 있었어요.

'지금 막, 당신이 보낸 6호 편지를 받았어요.'

그렇게 씌어 있는 것을 보니, 서로가 번호를 붙여 편지를 보냈나봅니다. 그럴 만큼 편지는 아버지와 당신 사이를 수없이 오갔고, 그래도 부족해 편지를 애타게 기다리는 어머니가 있더군요. 한동안 틈이 벌어지면,

'왜 편지를 보내주지 않나요. 너무 외로워서, 집배원이 다녀간 후에도 몇 번이나 우편함을 확인했어요. 감기에 걸리지는 않았는지, 걱정스러워요.'

사랑하는 사람의 건강을 걱정하고, 편지를 애타게 기다리는 여자의 마음이 솔직하게 그려져 있는 편지.

그 편지를 읽다가 무척 놀랐어요. 제가 아는 어머니의 모습과 좀처럼 일치하지 않았기 때문이죠.

배짱이 두둑하고 사람에게 헌신하기를 좋아하는 어머니가 아니라, 그야말로 정열에 몸을 맡긴 분방한, 생각나는 그대로 편지를 써내려가는 모습은 어머니가 아니라 자신의 심정을 고스란히 드러낸 한 여자였어요.

그 무렵에는 어지간한 일이 없고는 전화나 전보도 쉬이 사용할 수 없었죠. 요즘처럼 컴퓨터 등의 전자 기기가 없는 가운데, 멀리 떨어진 남녀의 마음을 잇는 것은 오로지 편지뿐이었겠지요. 그 소중한 편지에 자신의 마음을 온전히 담는 것은 당연한 일이었으리라 생각됩니다.

니가타의 다카타(지금의 조에쓰)와 뤼순 사이에는 배로 편지가 오갔을 터. 시간이 얼마나 걸렸을까요.

그런데 저는 위화감을 느꼈어요. 편지를 쓴다는 것이 자기 연출인 듯싶어 그다지 좋아하지 않거든요. 당시의 어머니처럼 마음을 솔직하게 전하는 일에도 능숙하지 못하고 말이죠.

어머니가 태어나고 자란 고장의 영향도 있었겠지요. 겨울이면 날마다 회색 눈이 끝없이 내리는 곳. 3, 4미터나 쌓이면 어쩔 수 없이 이 층으로 집을 드나들어야 했지요. 감성이 풍부한 소녀였던 어머니의 답답한 심정이 그 눈에 짓눌리듯 앙금처럼 고였다 해도 충분히 이해가 가는군요.

그런 곳에서 벗어날 수 있는 유일한 방법은 아버지와의 결혼……. 그 결혼을 향해 모든 것을 한꺼번에 토해냈으리라 상상이 됩니다.

어머니에게
– 모성에 관하여

어머니, 여자는 모성을 이미 갖추고 태어나는지 아니면 아이가 태어나면 절로 깨닫게 되는 것인지 저는 잘 모르겠어요.

이성으로 판단해야 할 것도 어머니라는 감성 속에서는 흐지부지되지 않나 싶어요. 저는 아이를 낳을 자신이 없어서 반려의 동의를 얻어 낳지 않았어요. 의식적으로 만들지 않은 것이죠.

어머니가 제게 쏟은 유형무형의 애정이 부담스러웠던 것도 한 원인이었죠.

아버지와 주고받은 편지에서 어머니는 이렇게 말했더군요.

전처의 자식(내 오빠)과 화목한 가정을 꾸리기 위해서라도 자신의 아이를 낳아 키우는 것이 중요하다고. 어머니는 자신이 있었나 봅니다. 그리고 자신의 아이를 낳아 아버지의 아이와 구별 없이 똑같이 키우겠노라 결심하셨죠.

당시 세 살이었던 오빠 얘기가 두 분의 편지에 종종 등장하더군요. 전처와 헤어진 후, 친할아버지 할머니 밑에서 자라고 있는 아이가 설날에 외롭지는 않을지, 단오절에는 투구와 새 기모노를 입혀주고 싶다고 마음을 많이 썼더군요. '이 품 안에 얼른 아이를 안고 싶다' '아이가 얼마나 기뻐하겠어요'라고 한 글에서 어머니 특유의 낙관주의와 너그러움으로 얼굴도 모르는 아이를 이미 그리워했다는 것을 충분히 알 수 있었어요.

그러나 저는 그 편지를 보고 초조해졌어요. 왜 저는 자신이 없었던 걸까요. 저 하나만 아이를 애정으로 대하면 모든 일이 잘 풀리리라는 생각은 도저히 할 수가 없군요. 그렇게 생각하는 것 자체가 일종의 오만이 아닐까 싶어요.

어머니의 친정집에는 어마어마한 정토진종의 불단을 모신 방이 있었지요. 외할머니는 독실한 신자였습니다. 부처의 가르침을 실천하고, 만년에 당신 혼자 생활하는 가운데 부처님을 보는 체험도 하셨던 분이지요.

그런 외할머니의 영향으로 당신은 불교를 믿으면서 불안한 마음을 해소했는지도 모르겠군요.

그렇게 어머니는 자신 있게 전처의 아들을 받아들이고, 또 자신의 아이를 낳는다는 선택을 하셨죠.

이 선택에 대해서 아버지는 어머니의 의지에 밀려, 당신이 원하는 대로 풍파가 일지 않도록 애를 썼나봅니다.

그래요, 모든 것이 잘 풀리는 것처럼 보였죠. 적어도 오빠가 성인이 되어 어머니와의 관계를 알기 전까지는 말이에요.

어머니에게

— 반항

아버지의 관사가 있었던 오사카 부 가시
와라를 기억하시나요. 제가 다녔던 가시와라 초등학교 뒷문을
나서면 모퉁이에 요시모토 의원이 있었잖아요.

거기 의사의 딸이 저와 학교를 같이 다녔죠. 며칠 전 그녀가
도쿄에 왔다면서 찾아왔더군요. 제게는 많지 않은 친구 중 한
명입니다.

그녀와 얘기하는 중에 선생님과 친구, 지인의 이름이 나와도
거의 모르겠더군요. 매일 아침 우리 집에 우유를 배달해주었던
젊은 청년, 그리스 조각상처럼 단정한 그 옆얼굴을 이 층 창문
으로 몰래 내다보던 일 외에는.

그는 '첫사랑 담론'이라는 프로그램에 나와서, 우리 집에 와서 선물을 전한 적이 있다는 말을 했는데, 저는 그 사실을 전혀 몰랐습니다. 아마 어머니가 제게는 말도 않고 처리하신 거겠죠. 교육상 좋지 않다고 생각되면, 제게 알리지 않은 것들이 아마 많을 거예요. 필요한 것은 사주셨지만, 용돈은 한 푼도 없었죠. 저는 종이 연극단이 와도 가 볼 수가 없었고, 마을 축제 때 솜사탕을 사 먹은 일도 없었어요.

아버지의 전근이 많았던 탓에 친한 친구도 없었습니다. 어른이 된 후에도 제 별명은 '전학생'이었어요. 어머니에게는 어머니 나름의 교육 방침이 있었고 또 자신감에 넘쳤지만, 오빠와 저는 그만큼 답답하게 느꼈습니다.

저는 그 불만을 어머니를 향해 폭발시켰죠. 아버지와는 얼굴을 맞대고 얘기하면 보나 마나 싸움이 될 테니 어머니에게 터뜨리면서, 땅에 추락한 우상과 함께 사는 어머니를 비난했습니다.

"엄마가 잘못 살고 있는 거라고!"

아내로서 남편에게 헌신하는 삶을 선택한 당신을 저는 이해할 수 없었어요. 그래서 저는 제힘으로 살아가겠다고, 평생 제 힘으로 먹고살겠다고 다짐했습니다. 그러나 어머니는 제 생각을 잘 알면서도, 제가 학교를 졸업하면 당신이 인정하는 집안 사람과 결혼해주기를 바라는 눈치를 보이셨죠. 그런 표면적인 안온한 생활이야말로 제가 가장 증오하는 것이었어요. 전후에 군인 가족이라는 가혹한 환경 속에서 자립하고자 애쓰는 저의 애처로운 싹을 짓뭉개버리는 것이었습니다.

사사건건 당신들과 맞서고는, 야마토 강 강둑에 올라가 저 멀리 니조 산과 이코마 봉우리들을 바라볼 때만이 저일 수 있었어요. 어머니는 새로운 삶을 살아야 한다고 이성적으로는 이해하고 있었지만, 어머니가 자란 윤택한 환경과 상식적인 가치관에서 완전히 벗어날 수는 없었던 것이겠지요. 가시와라는 그런 전후의 제 모습이 알알이 박힌, 잊고 싶은 장소입니다.

오빠에게

– 췌장암

오빠에게는 아마 처음 쓰는 편지인 것 같군요. 오빠가 살아 있을 때도 단 한 번 쓴 적이 없는데, 이렇게 죽은 후에야 편지를 쓰게 될 줄은 꿈에도 몰랐어요.

오빠가 췌장암으로 세상을 뜬 것은 십일 년 전, 투병한 기간도 겨우 일 년이었죠. 올케에게 얘기를 들었는데, 돌아가시기 일주일 전에 부부가 온천여행을 갔다가, 그곳에서 갑자기 상태가 악화되어 병원으로 실려 갔다더군요.

그러나 제게 연락이 온 것은 오빠가 돌아가신 후였어요. 반려가 전화로 알려주었지요. 그날 저는 지방에서 강연회가 있었어요. 일이 끝나자마자 오빠의 집이 있는 세이조로 달려갔지요. 반려는 벌써 도착해 있었고, 베란다에는 오빠가 정성스럽게 가꿨다는 화분이 조르륵 놓여 있었어요.

상태가 악화된 후에도 그렇게 고통스러워하지는 않았다 해서 조금은 안도했습니다. 그런데 생각해보니, 제가 한 번도 문병을 가지 않았더군요. 아버지 때도, 오빠 때도 저는 한 번도 가지 않았어요.

아버지 때는 물론 의식적으로 가지 않았죠. 하지만 오빠가 병을 앓고 있는 줄은 몰랐어요. 아무도 알려주지 않았죠. 오빠의 부인도 아이들도. 그 정도로 우리 사이가 소원했다는 뜻이겠지요.

하지만 오빠는 제게는 단 하나뿐인 형제. 원래부터 사이가 나빴던 것은 아닌데, 어쩌다 이렇게 되었을까요. 비록 형제라도 성인이 되면 개인을 우선시하고, 하물며 새 가정을 꾸리게되면 점차 교류가 줄어드는 것이 당연한 일일까요. 서로를 증오하는 가족도 있다는 점을 생각하면, 우리 경우가 특별한 것은 아니겠지요. 하지만 병을 앓으면서도 연락조차 주고받지 않는 형제라니……

오빠가 그렇게 일찍 세상을 뜰 줄 알았다면, 한번은 오빠와 진득하게 얘기를 나눴어야 했는데 말이에요. 오해를 안은 채헤어지게 된 것이 정말 아쉬워요. 그 오해를 풀기 위해 저는 지금에야 이런 편지를 쓰고 있네요.

오빠는 문부성에서 임원으로 일하다 어느 대학의 사무국장으로 내려갔지요. 현역에서 막 물러난 때여서 장례 절차는 학교 측에서 준비했습니다.

가족석에서 조문객들을 바라보고 그들에게 고개를 숙이면서, 오빠의 인생을 생각해봤어요. 당뇨병에서 췌장암으로, 병을 인식했을 때는 이미 어떻게 손을 쓸 수가 없었다는 오빠의 인생을.

오빠에게

− 뒤엉킨 실타래

　　사람의 마음은 어디서 어떻게 어긋나는 것일까요. 대학 입시를 위해 호적을 떼러 갔다가 처음 지금의 어머니가 친어머니가 아니라는 것을 안 오빠, 그런데도 '내게는 엄마 외에 다른 엄마는 없다' 하는 편지를 써서 어머니를 그렇게 감격하게 했던 오빠. 그러던 오빠와 어머니 사이가 서서히 벌어지기 시작했지요.

　도쿄와 오사카, 멀리 떨어져 산 것도 한 원인이지만 직접적인 원인은 제삼자의 개입이었다고 봐요. 오빠가 신세를 지게 된 할머니 말이에요.

　할머니는 있는 말 없는 말로 오빠를 세뇌한 것 같더군요. 하기야 할머니로서는 세 살 때까지 애지중지 키운 손자를 빼앗긴 기분이었겠지요. 고부간의 갈등을 넘어서는 정도였으니까요. 어쩌면 오빠의 친어머니도 견디다 못해 친정으로 돌아갔는지 모르겠다 싶어요.

할머니는 자부심도 대단하고 참 억척스러운 분이었죠. 아흔 네 살에 돌아가시기까지 노래를 배우는 제자도 있어 경제적으로도 아쉬움이 없었고 말이죠. 늘 '너희 신세는 지지 않는다' 하고 큰소리를 치셨으니까요. 오빠에게는 한없이 자상하고 좋은 사람이었지만, 저는 적응이 잘 안 되었어요. 와세다 대학교를 졸업하고 문부성으로 들어간 오빠의 배우자도 노래를 배우는 할머니의 제자가 주선한 사람이었죠.

제가 고등학교를 졸업하고 와세다 대학교로 진학했을 때 잠시 도쿄에서 우리 같이 살았잖아요. 좀 더 빨리 어머니와 같이 살았다면, 그렇게 사이가 멀어지지는 않았을 것 같아요.

결혼 상대가 세이조에 사는 외동딸, 더욱이 양녀였기 때문에 오빠도 그곳으로 들어가 살게 되었죠. 그리고 아들과 딸이 태어났습니다.

어머니는 때마다 정성스럽게 선물을 보냈지만, 한번 뒤엉킨 실타래가 어떻게 그리 쉬이 풀리겠어요. 제가 결혼한다고 알렸을 때, 오빠는 규슈의 한 대학에서 근무 중이었고, 고란샤의 홍

찻잔 세트를 보내주었죠.

무슨 일이 있을 때마다 오빠가 친어머니가 있는 고후를 찾아갔다는 것. 그녀는 다케다 신겐의 부하 집안에서 태어나 대학을 나온 재능 있는 사람이었고, 재혼해서 아이가 있다는 것까지 내게 얘기해주었죠. 다만 이미 돌아가셔서 만날 수는 없었다고 오빠는 무척이나 아쉬워했어요. 그래도 내력이나마 알게 되었다고, 내게 전해주었을 때는 참 자랑스러워했어요. 저 역시 마음속으로 참 다행이라고 생각했죠.

술과 여행을 좋아했던 오빠와 한번은 느긋하게 얘기를 나누고 싶었어요.

나에게

– 마지막에는 결국 혼자

아버지는 삼십오 년 전에 돌아가셨지. 십 년 후에는 어머니도 아버지 뒤를 따랐고, 오빠도 순식간에 병사하고 말았어. 주위에 피붙이가 없어지고 말았네. 지난여름에는 숙모마저 세상을 등져 지인들 몇몇과 조용히 장례를 치렀으니까.

가족이라 할 수 있는 사람은 이제 반려밖에 남지 않았군.

한 사람씩 세상을 떠나면서 너는 숨통이 트이는 것 같았을 거야. 어머니가 돌아가신 후에는 눈앞을 가리고 있던 병풍이 사라져 앞을 내다볼 수 있게 되었고, 이다음은 내 차례라고 어쩔 수 없는 각오도 다지게 되었고.

"자식이 없어 쓸쓸하겠네요."

너에게 그렇게 말하는 사람도 있었지. 있던 것이 없어지면 쓸쓸하기도 하겠지만, 처음부터 없던 것이니 별다른 감정은 없잖아.

왜 너는 가족을 스스로 거부했을까. 가족이라는 피할 수 없는 관계 속에 도사리고 있는 슬픔을 깨달았기 때문이야. 서로에게 기대고, 서로를 보호하는 관계와 안이한 감정에 잠겨 위로를 찾는 그 거짓됨을 못 본 척할 수가 없기 때문이었지.

또 아이를 낳아, 어머니와 똑같이 애정에 이끌려 다니는 자신의 모습도 보고 싶지 않았겠지. 자연스러운 흐름 속에서 부모가 되고, 그것이야말로 인간으로서의 성장이라고 하는 사람도 있지만, 너는 성장 따위는 하고 싶지 않았던 거겠지.

면면하게 이어지는 자연계의 흐름, 봄이 되면 마른 땅속에서 새싹이 돋아나는 현상, 모든 것이 얼어붙는 겨울에도 깊은 땅속에는 봄을 기다리는 무수한 생명이 있잖아. 그 끝없이 이어지는 생명의 연쇄가 끔찍해서 너는 그냥 너이고 싶었던 거야.

그러나 너 혼자 온전히 저항할 수 있는 것도 아니니 거대한 흐름에 떠내려가지 않을 수 없다고 생각하면, 지푸라기라도 잡고 싶은 심정이지 않았을까.

언젠가는 반려도 이 세상을 떠나는 날이 오겠지. 지금 너는 그날에 대비해 혼자임에 익숙해지려고 준비하고 있구나.

네가 이 세상에 태어나, 어둡고 먼 길을 홀로 걸어왔던 것처럼 마지막에는 결국 혼자라는 것을 마음속으로 수도 없이 되뇌면서 말이야.

　　　　　　　요즘 들어 '가족의 붕괴'다 '가정의 위
기'다 하는 말을 흔히 듣는다.

　마땅히 이러저러해야 하는 가족과 가정의 어떤 모습이 무너
지고 해체되고 있다는 뜻일 게다.

　그렇다면 마땅히 이러저러해야 하는 가족과 가정의 모습이
란 어떤 것일까?

　아빠가 일터에서 돌아오면 온 가족이 식탁에 모여 앉아, 엄
마가 준비한 식사를 도란도란 얘기를 나누며 맛나게 먹는 풍
경. 휴가철이 되면 온 가족이 들뜬 마음으로 여행을 떠나는 풍
경. 자식이 어떤 어려움에 처하면 부모와 머리를 맞대고 의논

하며 해결책을 찾는 풍경. 가족 중 누구 하나가 병을 앓으면 옆을 지키며 정성스럽게 간병하는 풍경.

이 모두가 이른바 단란하고 화목한 가정의 풍경이다.

그런데 필자는 이런 풍경을 환상이라고 말한다.

화목하고 바람직한 가족과 가정이라는 환상 속에는 가족 구성원 개개인의 인격은 살아 있지 않다고 말이다.

하지만 공동체와 개인은 애당초 반목하는 개념이다. 그러니 어느 쪽은 옳고 어느 쪽이 그르다고는 할 수 없다. 그래서 대두되는 것이 양보와 균형 감각일 것이다.

공동체를 유지하기 위해서는 어느 정도 개인의 양보가 필요하고, 개인 상호 간의 균형 감각도 필요하다. 공동체를 앞세워 개인의 희생을 강요하거나, 개인을 앞세워 공동체를 무시하는 것 또한 균형 감각의 결여를 초래한다.

그러니 가족이 붕괴하고 가정이 위기를 맞는 것은 공동체를 유지하기 위한 각 개인들의 조율과 유대 기능이 망가질 때일 것이다.

남의 속살은 알 수 없다는 말처럼 다른 가정의 속내는 사실상 알 수 없다.

가족 구성원의 사회적 위치와 대외적 활동으로 비추어, 저 가정은 참 화목하고 멋지겠다 싶은 경우도 어쩌다 그 속내를 들여다보게 되면 실망스러운 일이 많다. 어느 한 사람의 눈물겨운 노력으로 아슬아슬하게 균형이 유지되는 예가 있는가 하면, 사실은 풍비박산이 났는데 세상 이목이 두려워 감추고 문제화하지 않는 사이에 가족들 각각의 마음의 병만 더 깊어지는 예도 있다.

그리고 그런 문제 가정과 가족에게서 파생되는 다양한 문제들이 가지를 뻗고 뻗어 사회적 병폐로 똬리를 튼 시대가 되고 말았다. 그렇기에 가족의 사회적 가치와 그 기능의 건강함이 다시금 요구되고 있는 것이다.

그러기 위해 우리가 할 수 있는 것을 필자는 '자신을 아는 것'이라고 단언한다.

내 가족 개개인이 어떤 사람이고, 어떤 생각을 하며 어떻게 살아가고 있는지를 묻는 것은 즉 자신에게 자신은 어떤 사람이냐고 묻는 것과 같다는 얘기다. 나를 알고 내 가족을 알면, 어느 선에서 양보해야 하는지 알 수 있고, 어쩌다 불화가 생겨도 어떻게 조율하면 균형을 회복할 수 있는지 해결책을 찾을 수 있다는 얘기로 들린다.

그러니 화목하고 단란한 가정이란 환상에 지나지 않는 것이 아니라, 우리가 지향해야 할 아주 기본적인 가치인지도 모르겠다.

2015년 7월

곁을 떠난 가족이 그리운 밤

김난주

가족이라는 병

펴낸날	초판 1쇄 2015년 7월 20일
	초판 10쇄 2024년 2월 6일

지은이	**시모주 아키코**
옮긴이	**김난주**
펴낸이	**심만수**
펴낸곳	**(주)살림출판사**
출판등록	**1989년 11월 1일 제9-210호**

주소	**경기도 파주시 광인사길 30**
전화	**031-955-1350 팩스 031-624-1356**
홈페이지	**http://www.sallimbooks.com**
이메일	**book@sallimbooks.com**

ISBN	**978-89-522-3186-4 03830**